歌向远方

黄玉东 主编

蔡泗明 倪宝元 副主编

U0737693

中国言实出版社

图书在版编目（CIP）数据

歌向远方 / 黄玉东主编. — 北京：中国言实出版
社, 2019.5
　　ISBN 978-7-5171-3128-1

　　Ⅰ. ①歌… Ⅱ. ①黄… Ⅲ. ①诗集—中国—当代
Ⅳ. ①I227

　　中国版本图书馆CIP数据核字（2019）第072981号

责任编辑：崔文婷
责任校对：胡　明
出版统筹：史会美
责任印制：佟贵兆
封面设计：马诗音
封面题字：程彧儿

出版发行　中国言实出版社
　　　　　　地　址：北京市朝阳区北苑路180号加利大厦5号楼105室
　　　　　　邮　编：100101
　　　　　　编辑部：北京市海淀区北太平庄路甲1号
　　　　　　邮　编：100088
　　　　　　电　话：64924853（总编室）　　64924716（发行部）
　　　　　　网　址：www.zgyscbs.cn
　　　　　　E-mail：zgyscbs@263.net
经　销　新华书店
印　刷　北京久佳印刷有限责任公司
版　次　2019年6月第1版　　2019年6月第1次印刷
规　格　880毫米×1230毫米　1/32　10.75印张
字　数　237千字
定　价　38.00元　　ISBN 978-7-5171-3128-1

序

在歌声中出发

焦红玲

王小波说过："一个人只拥有此生此世是不够的，他还应该拥有诗意的世界。"

而只要一想到"诗意的世界"，我眼前就会浮现出大海和冬歌的形象。在我心里，大海已成为诗和远方最鲜活饱满的意象。而海的激情、无私、宽广、深邃，恰好对应了文学公众号"冬歌文苑"创始人，海军大校、军旅作家黄玉东（冬歌）的人格魅力。

《歌向远方》是一本海蓝色的诗集，因为大海，因为冬歌。大海，使冬歌的畅销书《向往大海》具有辽远而深邃的立意，这本书也是他军旅人生的真实写照。他的前半生，惊涛拍岸，激越壮丽；他的后半生，这个有大海情结的男人，在本该安逸的年龄，选择了像大海一样的不安分：用大海一样的激情，点燃和唤醒越来越多的文学爱好者，对于诗和远方沉睡多年的记忆。他心中始终沸腾着一片海。我们甚至可以这样说，读懂了大海，也就读懂了冬歌。他曾将自己的畅销书《向往大海》版税全部捐献给西部一所希望小学；他用满腔热忱放飞了我们的文学梦想，守护着我们的精神家园；他用八百多个日夜的奉献和坚守，换来了一个草根文学平台的欣欣向荣，换来了去年散文集《四季恋歌》的横空出世，以及今年诗集《歌向远方》的扬帆起航！

诗言志，歌永言。诗歌是文学的桂冠。提到这些，就不能不思考当下，诗人该承担何种责任。中国诗歌万里行组委会副秘书长李犁先生曾这样鼓舞和激励新时代的诗人："主动地去选择时代的苦难和勇气，就是让诗人之智承载起诗歌的大情怀大感动大温暖大境界。我们需要精美又自恋的情歌，更需要惊天地撼灵魂的豪迈的壮歌和圣歌。所以，诗人不要小看了自己，要有天降大任于斯人的骄傲和使命，从这个角度来说，诗人是苦行僧，寻道、布道、殉道，这道就是永爱他人，舍己为人。这样的诗人与作品是当之无愧的大爱大我大道的人和诗。"

这番话用在军旅作家冬歌身上无比贴切。他独特的人格魅力，如同大海上翻涌的雪浪，激荡着文苑每个作者的心房。这也注定了从我们心底唱出的歌，无论亲情爱情，还是地域风情，都浸染上了一抹美丽的海之蓝，都显现出真挚浓烈的、对尘世的热爱，对美好的追求。

纵观当今诗坛，网络时代的大背景，使得新诗创作与发表的门槛降低，新诗数量呈现井喷状的增长势头，形成表面的繁荣。而实际上作品质量良莠不齐，相当数量的作品缺少深度写作，诗坛缺失经典文本，新诗精神几近荒芜。其最直接的表现就是网络的虚拟化、娱乐化带来的真情实感的掩藏、诗歌审美的空泛化、作品大都缺乏涤荡心灵的力量。

而入选《歌向远方》的作品，毫无矫揉造作、无病呻吟之态，亦无故弄玄虚、不知所云之势。诗集中的作者均来自"冬歌文苑"文学交流群，既有叱咤诗坛多年的名家大咖，如枝繁叶茂的大树；亦有初出茅庐的诗歌爱好者，如欢欣生长的春天的小草。入选作品犹如山野吹来的清新的风，有小我的低吟浅唱，更有大我的才情飞扬。

不妨举例说明。

诗人个体情感的迸溅与抒发。如孙美禄的《姐姐》，诗中写了一位扛起照顾母亲重担的姐姐的形象，她像照顾婴儿般，将六份亲情融汇，过度的操劳，使她过早失去了青春芳华，"姐姐　你也是本该享福的老人／我们如何回馈／晾绳上晒满了辛劳　开水在炉灶上腾沸／母亲好像不再变老　时光却偷走你的年岁……／上苍让我们成为相同血缘的姊妹　无比感恩／无比珍贵"，诗人对姐姐的歉疚之情与发自肺腑的爱，溢于言表，感人至深。

诗人将个人命运与时代、祖国，甚至人类命运紧紧相连。如陈鸣鸣的《有爱的南京》，诗人岩浆一样喷涌的炽烈激情，点燃了铿锵的诗句，给人以精神上的鼓舞和爱的力量。

这本诗集所表现出的审美本质，是诗人们对现实世界做出独特思考后的，用文字打造的一个个独特的艺术世界。在汉语新诗步入百年的今天，《歌向远方》犹如一座春天的百花园，悄然绽放于眼前，散发着生命淡雅而迷人的清香，是新诗在新时代的一束小小剪影，也是一份心灵的神秘美丽的礼物。每一首都浸染了爱的底色，每一首都因海而激情荡漾，因爱而深沉炽烈。细细品读每一首诗歌，因为爱，使得诗作既有深切的现实关怀，又有审视过去、眺望未来的勇气，具有高洁的灵魂力量。

这使我不由得想起去年八月，去福建采风时写的一首诗来：

"如果爱，请深爱 / 像红树林，把根深深揳进漳江母亲河 / 枝和叶，才能抒写出 / 这波澜壮阔的绿色……"

是的，如果没有深深的爱恋，怎能成为一个真正意义上的诗人？怎能写出涤荡心灵的作品？

亲爱的朋友，打开这本会使你心旌招展的诗集吧！你会倾听到来自韩家荡万亩荷塘的心跳和思语；你会看到"一芽一叶的初展 / 让那些尘世的人，开始确信 / 一个无尘的世界 / 端坐在这细雨迷蒙的春山里"（孙思《阳羡雪芽》）；你会悟到"雪融之后 / 除了曾经遗忘了的歌声 / 便是岁月长久的战栗"（毛新萍《雪歌》）；你会沉醉于"微风细雨，月光情影，百草清香…… / 不正是我寻觅的迢递深邃的意境吗 / 在百草园的小木屋里 / 放纵思绪才是这个黑夜的主题"（王海洲《夜宿百草园》）；你会欣喜于新的诗歌力量的诞生，你会惊呼于新的生机，是如何星星般闪耀在这美丽的春天……

每一首诗都是一个用爱精心雕琢的艺术世界，会使你含英咀华，爱不释手。这本诗集是"冬歌文苑"这个有品质、有温度的文学公众号，众多作者又一次爱的结晶。

让我们走进这清新的百花园，分别采撷几支姿态不同的含着朝露的花朵，几只味道各异的新鲜、饱满、诱人的浆果，先睹为快吧！

对故土，家园的深情歌唱。"金黄支撑起父亲的苦难／籽粒斧正东倒西歪的日子／走失的农事，被父亲逐一点亮／麦田不再虚妄，灵魂不再游走／一粒粒麦子排列起来，就是彼岸"（刘慧娟《父亲的麦田》），强大而瑰丽的想象，使诗歌具有极大的情感张力，撑起了冉冉诗意，而向深处的思考与挖掘，又使其呈现出某种哲理的韵味。"格尔木／我从懵懂走向成熟／戈壁红柳记着我年轻的模样／二十三载的雕刻／让我和我的战友一生怒放"（白锦刚《格尔木，我的第二故乡》）表现了一个退伍老兵对军营、青春、第二故乡的深情怀念。类似的作品还有我的《黄昏的金色麦田》、无闻的"武夷山组诗"、胡建国的《老家龙眼树》等。

对爱情、亲情、乡情、友情的讴歌。黄玉东的《在夕阳中等你》《梦境》《妈妈，祝您生日快乐》、蔡泗明的《爱情组诗九首》、吴秀明的《我们的节日》、张国新的

《亲情树》、王德才的《秋风寄乡愁》等，无不以情动人。

对诗歌、文字的痴迷的恋歌。此类主题的作品有我的《无处安放》《你是一蓬蓬野草，长在我必经的路旁》《亲爱的》、刘美英的《与诗相恋的女子》、王晓菊的《这世上最美莫过文字》等。

对生命、理想、远方的探索之歌。"一个人得嚼咽过多少凉薄烟火 / 才能守住不变的温度？ / 一个人还要穿过多少深谷险峰 / 才能拥有自己的远方？ / 一个人需要完成多少使命 / 才能重返老屋，面对万亩荷塘 / 巍峨静坐？"（爱斐儿《一个人的老屋》）。这样叩问心灵的诗句，如暮鼓晨钟，每读一次，就是一次内心深处的洗礼。

对拥有高洁灵魂的历史名士及当代德艺双馨的艺术家的赞咏之歌。如孙美禄的《侠客行》、赵建平的《我的苏东坡》、吴秀明的《归去魂兮》、蔡泗明的《诗酒人生苏东坡》《致敬！游本昌》等。

值得关注的还有程立龙《人物组章（十四首）》。这组为普通劳动者而歌的诗作，表现出诗人对现实最底层人民的尊重与悲悯，是泥土一样质朴而芬芳的人文关怀之歌。这些特写人物有保洁员、保安、环卫工、小时工、外卖小哥、快递员、搬运工、外墙清洗工、滴滴司机、盲人按摩师、代驾司机等，涉及各行各业。诗人借此歌唱了一种积极乐观的生活态度和坚韧顽强的精神，作品彰显了关注现实，关注时代的诗人情怀。

诗集还包含有相当数量的散文诗。如黄玉东的《城里的树》《与自己和解》、张瑜的《千年之恋》、语伞的《城市意象五章》等。诗人们用抒情性的想象的语言，表现出了散文诗所特有的弹性的美、意象的丰富性和不确定性，具有极大的情感含量和美感含量。

此外，诗集中还有赞美四季风景，感慨岁月流年，回眸军旅生涯、追忆如烟往事等主题的作品，全都体现了真情实感，作品质量可圈可点，呈现出较高的思想性和艺术性。

当然，入选诗歌也不都是尽善尽美，甚至有一些作品还略显稚嫩，毕竟我们更多的作者都是文学新人，尚在学习探索的路上。但有一点毋庸置疑：我们足够热爱，足够年轻，足够真挚，有足够的信心和勇气，去向世界发出我们的声音！

我很喜欢海子的一本诗集红色封面上的几句："做一个诗人／你必须热爱人类的秘密／在神圣的黑暗中走遍大地／热爱人类的痛苦和幸福／忍受那些必须忍受的／歌唱那些应该歌唱的。"在这春暖花开的三月，灵魂诗人海子离开我们三十年了。斯人已逝，诗歌永存。

"一个国家，一个民族不能没有灵魂。""人民是创作的源头活水。""要有信仰、有情怀、有担当。"——习近平总书记在 2019 年 3 月 4 日全国政协联组会上重要论述，使我更加相信，在我们这个古老的诗歌国度，一定有一种理想信念是永垂不朽的！也一定有千千万万年轻的"海子"，坚守着自己的诗歌理想，高唱我歌，向远而行！而"冬歌文苑"平台里的我们，愿意加入这支"不忘初心，砥砺前行"的诗歌创作队伍中来！

热爱新诗写作的我们，将永远年轻，永远热泪盈眶。

是为序。

2019 年 3 月 31 日

目　录

爱斐儿　本名王慧琴，曾用笔名王小雪，中国作家协会会
员。著有诗集《燃烧的冰》，散文诗集《非处方
用药》《废墟上的抒情》《倒影》。曾获首届中
国屈原诗歌奖银奖、第八届中国·散文诗大奖等
多种奖项。

从一朵荷花回到荷花里

这个夏天，一声奔雷潜入海底。

于是，一条响水之河行进在苏北大地。

此时，骄阳似火，蝉声响亮。

阴霾尽散的韩家荡，天边现鱼鳞云。

俄而，有青雾升起，

万朵荷香突然从天边汹涌而来，

怦然带来一场浩大的寂静。

只见荷海凝碧，荷花盛日、盛月、盛雪。

一些光与影已结成莲蓬，

如"绕莲"的木鱼敲响四野梵音。

污泥浊水下面，莲藕结跏而坐。

默默按下心头飞度的乱云，

在一场古老的虚无里铸火为雪。

如端坐菩提树下的参悟者，

以盛开之荷花示我：

一个人清净的彼岸，

其实就在最深的红尘。

一朵荷花就是一万朵

一朵荷花站在这里
就和一万朵荷花站在这里一样
她们置十方无边风雨于不顾
远离尘嚣，心似白云
面含菩萨般的微笑
令我忍不住停下脚步
良久醉于你静寂的香气
除此，我还能做什么呢？
面对每一朵荷花
我们即便用尽一生
是否能够进入荷的自在清净？
接下来，就是等三五只蜻蜓停下来
和水边的柳枝、姜荷
梦中的睡莲们一起停下来
等那黄昏的脚步悄悄走近
等浩大的寂静斟满韩家荡
而我将放弃洞若观火的清醒
最终获得荷花般的安宁

一个人的老屋

那一年，狂风吹拂弱草
冷雨轻敲飘萍。理想
寒冷如酒，亦温暖如酒
一个人心底藏着明镜
背负名姓离开老屋
成为不被人知的远客
其时，月光下站着草花
萤火虫提着蛙鸣
很旧的古风，一阵阵
吹过江湖，敲打那个
背负肝胆与诗书的人

一个人得嚼咽过多少凉薄烟火
才能守住不变的温度？
一个人还要穿过多少深谷险峰
才能拥有自己的远方？
一个人需要完成多少使命
才能重返老屋，面对万亩荷塘
巍峨静坐？
等那光与影都结成了莲蓬

等车马喧嚣寂静如藕深埋功名
一边聆听那万千荷花
对酌满天繁星，一边聆听荷香
轻颂彼岸的梵音

万亩荷花开在韩家荡

今天，我从一朵荷花里
回到了这万亩荷塘
每一朵都拥有绝尘之姿
她们用汹涌的香气
代替了污泥浊水。此刻
蜻蜓飞过草尖和晴空
回到她们中间。一阵风过
草香弥漫，荷香弥漫
想一想那些种荷的人
多像孤独的朝圣者
双脚被污泥锁着，仅仅依凭
圣者的指引，才能看到远方的渡口
最终找到那条通往彼岸的道路

从此以后，每一朵荷花开时
蒙尘的心，就被拂拭一下
其实，一物何有
比如荷下的泥塘原是庄稼地
庄稼地的前身则是一片滩涂
滩涂的过去原是沧海
那沧海之前，又是一片桑田
那桑田之前都是空啊！

剥莲蓬

多年未剥莲蓬。
一颗莲子在手
味苦，性寒，归心经

剥一颗，就有一颗
苦苦的芯芽露出来
像我过去见过的无数颗
苦得青翠，苦得不动声色
包裹着光滑温润的城府

厚重的粉墨，幻觉般的幸福
看起来如此饱满，而又逼真

而真相却是
缘起无名，无名缘行
乃至生缘老死……

这无名的迷和悟
这心造的一切
就连快乐也是苦的原因
就像大苦聚成于一颗莲心
如果人生确有真谛
这人间最大的苦
其实
都来自你的心啊

观荷

走过了白云与山水
我已步入发白如雪的岁月

但我不用回头
依然可以用心看你
像一首出尘之诗
远远高出污泥浊水
红莲故衣之后载酒来时
仍忆你当年荷芰风轻
水边香彻九重的样子

你把清净研入墨痕
飞过尘封日月
跨过线装书脊
和我这样一个放不下执念的人
一起浪迹诗酒天涯
一定有一片水域
让你愿意放弃暮色与山河
一定有一条诗词之路
通往王的花园

想必一颗初心不染旧尘
定是历经过一次次纸笔洗礼
于东风起处坐于碧波之上
用落雨的声线理清了生命的纹路
出尘、慈悲、正觉
只余"圆满"二字在画中等你

爱莲者新说

还有一半的湖水
在等待荷花带来成群的蜻蜓
她们是想象的一部分
也是欲言又止的另一部分
今天，夏风十里吹晴天空
古柳一株舞于窗外
就像一个人安静地面对孤单的另一半
为看到的一片风光
一会儿安详，一会儿沸腾

此时，清风穿行在河流的两岸
白云追赶着晴空，羽白、半醉
仙衣胜雪，代替某朵莲
听爱莲者说梦，说水泊，说夏蝉，说乌纱和荣华
说起梦中之莲在世外盛开如满月
这六月的一天，便如梦幻徐徐铺开

这么多年，许多清心如莲的人
陷身淤泥，背对诗酒与爱情
走向繁华与飞霜

只有有情人回过头来看
看她身心不染等候在锦书的一端
仿佛一面湖水误入藕花深处
又仿佛沉醉的人找到了归路
那些曾经失去的，比如孤单
比如田园、比如红屋顶和蓝星星
比如为深爱的女子
劈柴、喂马
在她鬓边插满鲜花

刘慧娟　中国作家协会会员，鲁迅文学院首届电力作家班
　　　学员。作品散见于《诗刊》《星星》《诗歌月刊》
　　　《绿风》《诗潮》《新华日报》《中国煤炭报》
　　　《中国电力报》《中国诗人》《诗人》《散文诗》
　　　《黄河诗报》《作家报》《散文诗世界》《中国新
　　　诗》《江苏文学50年诗歌卷》《新诗欣赏》《中
　　　外新诗名句集萃》《新诗绝句》《英汉诗歌大辞
　　　典》等，连续收入各类散文诗年选。著有诗集
　　　《无弦琴》和散文诗集《白云的那一边》。

拄着月光的祖母

小脚的祖母习惯拄着月光挑水
一前一后盛满水的瓦罐，正如她
年轻守寡抚养的两个儿子

上大下小的日子经常趔趄
祖母托起白天黑夜，身子每扭一步
月亮就在瓦罐中疼哭一次
祖母眼望前方，身后留下两行圆满

祖母侧身经过一道道门扉
把期盼安放在暖春，自己顶立风雨
将倒伏的玉米扶起一身骨气
并揽几束光芒，堵命运的漏洞

我在祖母身后捞水里的月亮
也会细数祖母的脚步和路途
我把月亮搅成碎片，祖母将苦捏成甜
祖母的世界，总是很暖

祖母在暴雨中救出庄稼之后

自己就坐上了庄稼的位置
收成减几分，祖母白发就添几寸
祖母裁下一段红尘，悄悄画成翅膀
从此，我就成为祖母身边的幼苗
在祖母的时光中一天天成长

小脚的祖母依旧挑着担子
临行，她倒出担子里的太阳月亮及智慧
将我的泪水及怯懦装进瓦罐
修剪了一些多余的花枝
并顺手把我抛给故事，放飞
然后，挂着月光走向那片泥土
从此，头也不回

你离去之后

小河照旧匆匆，似乎在追赶
又似在欢送
时光之马，滴答滴答去远
没有留下回声

世界开始安静
我不安静。我在辨认前世
今生，我把思念寄托在你的植物上
我喜欢看它，枝叶茂盛
你离去之后，玫瑰如期绽开
你离去之后，秋天就提前了

喝酒的人

仅仅凭借酒的余力
端坐万马之上，万物井然有序
喝酒的人，一边丈量江山
一边抚摸命运，是南国花香
还是北国美人，烘焙出
喝酒汉子的万丈豪情

把杯子洗净，等天涯客来
把每一个日子当成典籍收藏
将大野风光，小口品咂啜饮
斜倚曾经那缕伤感，似醉非醉

看远山近水，在错愕中苏醒

酒过三巡，万山纷至沓来
人还清醒，春，却醉了
亘古情，在是是非非中泾渭分明
所有壮阔都是你的

于是，那名喝了酒的汉子
一路趔趄，一路放歌
于无声处，清亮亮地
山河也是你的，再给你

父亲的麦田

父亲喜爱麦子的模样
麦子的光芒，时常照耀父亲
麦子的颜色在风中荡漾
麦穗，是夏天最美的颂
是父亲年年月月盼望的故人

金黄支撑起父亲的苦难

籽粒斧正东倒西歪的日子

走失的农事，被父亲逐一点亮

麦田不再虚妄，灵魂不再游走

一粒粒麦子排列起来，就是彼岸

父亲的日记镶嵌许多麦子

排成山河的形象，簇拥

人山人海。父亲原来是一株麦子

活着

冷峻，如唐古拉山的雪

鲜灵似长江的源头的水

在洁白和宁静的深处活着

镜像倒映高与挺拔的英姿

五千年馨香由美的片段组成

用净化的信念并抵挡风雨

面对干净的山林，能说些什么

生灵植物已万籁俱寂

那点私心，纯属杂尘
透过各式各样的心情
寻觅的婉兰寂静，正对视岁月
八千里云月，装不下回眸

当目光相遇，山和水相遇
横空呼啸新一轮构思
能说些什么，脱俗的纯粹
悄悄地回归尘世，升华
一首古韵，一唱三叹
山上半阕，水里半阕

省略的部分

省略的部分像密密麻麻的雨丝
用省略代替辩解，抗压减忧
情绪，是母亲眼里的莲花
是精神起伏河流的镇痛剂

省略的部分是安慰自己

有时也可以安慰世界
是菜园里豆荚辣椒和茄子
是雷霆暴雨或静默的火山
也是眉宇之间的川字纹

省略部分是无穷大，也是
无穷小。当阳光倾泻下来
是躲在母亲衣襟上的兰花
是父亲额头的汗水，那份烦恼
欢喜地跟随父亲，早出晚归

时间是狂妄之徒

那条路，越走越遥远，意料之外
还有留在心里的最后一点忍耐
作为桥，传递彼此冷暖
我不言，那段情还在
还闪着昨日的暖，只是
岁月料峭，怂恿肤浅的河流
翻手为云，覆手为雨

等所有的情愫透支干净
谁来仰望那个约定
谁来面对那一河流水，感叹
土地和石头，都一样任性暴戾
而彩云恬退隐忍，只有时间
没有顾忌，在真情或者假意面前
肆意。比起有时谦逊
有时暴躁的人，时间
更是狂妄之徒，比任何固执还将固执

缺点、怨言、伤痛、诺言
一经时间的手指点化
都会簌簌落下，渐次卑微
新的结局正在降临
庄稼还在微笑，逆势而生的自我
在鄙视所有的狂妄之后
正悄悄发芽

花与酒

那池琼浆，据说就是梨花酒
辽国萧太后（契丹英后）在释迦木塔上
手指梨花，春天便含羞醉了
因为梨花春，三晋逐渐峭拔

有韵有味，醉倒四面八方
有形无形，吐露枝头芬芳
用甘苦酿就，却能品出一串串美辞
用繁荣斟满远古的荒凉
集天地圣洁，从容峭立枝头
让北国风情一一复活。

纯净，掺了蓝天白云的光辉
阳光下，酒的身影不断拉长
香味依次生长，酿酒的号子传来
以超越尘世的虔诚，采集清香

有温暖，在世态炎凉时
用欢乐，驱赶大片大片的忧伤
酒对花，花与酒

相互救赎又相互依偎
浅浅的醉意飘向天穹
一树树梨花，开出酒香

孙　思　笔名慕姐，中国作家协会会员，上海市作家协会
　　　　理事，诗人，评论家，《上海诗人》副主编。著
　　　　有诗集《剃度》《月上弦月下弦》《掌上红烛》
　　　　《聆听》《一个人的佛》等五部。部分作品收进
　　　　《新诗鉴赏辞典》《中国新诗300首》《上海诗
　　　　坛三十家》等各类诗歌选本，诗集《掌上红烛》
　　　　《聆听》分获2015和2017年度上海作协会员优秀
　　　　作品奖。

阳羡雪芽

一

大寒过后，唐朝的天子们
就开始盼立春，他们手中的陶
比他们更急于，浸泡新绿

他们微闭双眸间
一匹快马，无数匹快马将山腰踏疼后
挟山林云气，挟水雾一路向西
没有月光的夜晚，黑夜被马的嘶鸣
喊得很白

而你，此去数千里
闻马蹄而不还

二

山路盘旋，残雪消融
几声鸡鸣，那些远行的人
脚印如繁星，洒落一地
没有路的路和荆棘
让他们一次次放低腰身

只有你的倩影，能让他们高举
并让他们的行走生动

饿了，他们敲食野果
金石为开，渴了他们喝山泉
他们舍不得饮你
即便他们手中有火

三

一年又一年
你总在最末一场雪后，开始发芽
三月寂静，一朵云转身时
你已在尘世外

离开枝头的一刹那
你听到，谁躲在雨水的后面哭
你心如明镜，今日你不向佛
明日，谁来洗涤他们的灵魂
谁在他们的骨缝里开花

四

每年立春，你就绿了
漫山遍野的绿，雪一样洁净的绿

很多文人，从东吴、唐朝、宋朝、元朝
探身出来，站在山顶
唤你的名字

一位又一位青春女子
发髻上漫着花香的女子
在惊蛰里，第一声春雷后
怀揣着远方，用她们的纤指
为你剃度

五

那一年
你从苏轼的诗里出来
用水和方言，把一座古城
浸染为清风甘露

一芽一叶的初展
让那些尘世的人，开始确信
一个无尘的世界
端坐在这细雨迷蒙的春山里

六

今夜，我在宜兴

我坐在窗前，看杯中的沸水里
你依然幼嫩，不改色
纤细挺秀，恍如立于枝头

醇厚清鲜的香气
让我内心宁静

窗外，云在山尖上跑
白色的山菊花，在绿的远处
一朵朵挤着，近处
一层一层绿里，一位青衣女子
手举月色，一袭魂香
在空气里飘过，没有人告诉我
那是不是你

七

清明后，丰满的春意立在山坡
绿色的鸟鸣里，风在吹
吹来你的第二次轮回

这次，你可以活得久些了
这次，你可以好好地看看山
看看天，看看云，再回头看看山

它再不用在你远去时
久久地，默送你的背影

从现在到霜降，你可以立在枝头上
一直立

即便山外的马蹄
早已被木桨、汽笛、云端的那条路
拉得更长更远，你依然相信
山里有梵音如花，为你开

陈鸣鸣　　笔名千山暮雪，二十年从军生涯，上校警衔。中国作家协会会员。发表作品300余万字。获中国青年编辑骏马奖、"恒光杯"公安文学优秀奖、中国作协"金秋"文学一等奖、南京机关作家协会"最佳诗人"奖、2015世界诗人大会"杰出女诗人奖"等多种奖项。

一位科学家爱的语录

我今天终于卸下妆容
我实现了我爱你的誓言
我经常找不到自我　神秘莫测
其实　我背着包去旅行了
个性鲜明　却被你俘虏

你爱我伏案疾书的背影
你爱我慷慨陈词的机智
你爱我心无旁骛的专一
你爱我愚钝沉默的表白
你爱我见你手捧玫瑰的欢欣雀跃

今天　我披上了你的风衣
明天　我又转瞬消失
我只要一颗心
能听到另一颗心的跳动
风衣　带着你的魅力
我的体温暖着它
山重水复　我　爱在征程

也许　我解剖了宇宙
而你　惊喜地读我的科研成果
谁说　论文不是诗
起承转合　世界不会总有核武器
你坚信和平　如坚信我的爱
阳光万丈　晴空碧海
世界安宁　抵达梦寐

有爱的南京

我知道　这是我们俩的南京
这是我爱你的南京
这是我爱你生生死死的南京
这是我永远思念你的南京
这是你永远和我相守的南京
这是你我要把南京变成一个故事
变成一个我们的故事

我们在镁光灯下拍摄太多的镜头
用一帧帧胶片说话

不能回放
回放会惊动路边的梧桐
会催醒鸡鸣寺的樱花
会让中山陵的梅花唱歌
会让无梁殿的勇士起死回生
勇往直前　保护有爱的南京

我们在南京城里　无有雷同
我们深爱着这座城市
它雄浑　大气　厚道　沉着
它极致无贰
它把爱深藏
夏天的时候　浓荫覆盖
冬天的时候　漫天飞雪
它把爱垒出一道道城门
它把爱踏成一串串脚印

我喜欢你的沉默
就像这座城市深藏不露
我用我一生来解读你
解读你的每一道手势
每一声欲言又止的热烈
你的每一声叹息

每一次欣喜
每一次怒放
热爱你手持正义　肩挑道义

在南京这座城市里相爱　踏实
诚实得像这座城市从来不会说谎
我们在南京这座城市里
执着着人民的爱
朴实　真诚　忠贞　信任
我们让历史说话
让现实不再悲伤
让秦淮河彻夜无眠
让石头城安静峭立
让我们像夫子庙赶考的考生
考一道人人都要答的爱的考题

有爱就没有艰辛
即使信仰是几代人的追求
我们隐逝在历史中
就像这座城市从来以历史取胜
我们没有风花雪月
我们的浪漫　是和这座城市同等的风格
守望　创造　激励　深沉

我们在这座城市守望
守望一天天默默流逝的春天　秋天
我们会沉睡很久
但我们现在醒着　爱着
仿佛我们永远不会和南京告别

今天是我的生日

我的家乡有绵延的小河
如今都漂满了绿色的青草
我没有下过地种过一寸苗
如今我又迎来了生日
母亲说不可晓之以众
让所有人都知道又长了一岁

我在城市的心从无荒芜
我也想在九十岁时返回童年
世界以不可估量的速度日夜精进
我从未见过村东的耕牛村西的骡子
汗滴禾下土的沧桑蒙湿过我的眼睛

我看到农民依然亢奋像城市一般

我从没有在城市的旮旯角里游荡
今天我画的每一枝向日葵都来自沙漠
那里的冬天不是平原的雪
我出生的时候天气晴朗不意味着世事难料
今天我走了半生的路知道与时俱进
有人开创了时代有人开创了一生
这是一个好的时代不会疲惫交加
跌失在风雪交加的大桥

依然要为悲伤的人们哭泣
不如把燃红的心扔进炉窑
当天空纯净得纤尘不染
过去的和未知的席卷风暴
只是这风暴几千年来变得文明
无论我出生在哪一天　都不会瑟瑟发抖

小朋友

一个年轻的姑娘
带着我　喝一场又一场的美酒
我年轻了　还是她成熟了
反正我们不为双方的色相勾引

她说　酒是粮食精
越喝越年轻
我喝得三川五岳轻车熟路
总能找到她住过的星宿

我是仙人
她凌空飞舞
欲用还魂十八掌
登上我的泰山光明顶

旭日东升　彤红的朝阳
分明是一只酒盅
我们就把那点仅存的侠义
都放在了向对方的祝愿

放心　我以后走的路
和那位姑娘一样
我们把彼此的世界映在酒里
等我清醒　笑傲江湖

精神之恋

我也想一夜看尽长安花
看尽你美丽的容颜
你用激光打起一道光柱
直射天宇苍穹
我顺着光柱　看到天梯
拾级而上　你用才德
抚直我的肩膀　永不倾斜

我祝福人们　有秋的收获
像我一样　被爱的人所爱
我膜拜你　像永远没有冬天
你直视我的目光
像樱桃挂满了树枝

灵魂的交集　注定出现伟人
你　流芳百世

我跋山涉水　却如沐春风
奔赴南疆和北疆　返程绿洲
挂在树梢的冰凌　像明媚的迎春花
我的心里只有一个季节
像书屋点燃的火炉
每一个有分量的字
都和你一样　千钧之力

红树林

我爱的人　我走了
我去了云霄
我把一片羽毛留在你的身旁
你振翅高飞的时候
你念着天地间的我

我和所有的朋友告别

告诉他们　我爱你
朋友们为我搭了十里长席
可知他们心中
都有爱人

我从来没有接触过
如此纯粹的你
就像我从来没有接触过
如此纯粹的朋友
我是红树林的一颗种子
朋友的簇拥下
随海潮　漂流到你的身旁

我爱你
我点燃南普陀寺的一炷香
你在天地间默念　你爱我
我随着酒醺的福建
在厦门遥望你

我就是最坚毅的红树林
生生万代
万代不息

裸女

江南小镇
我约你在双桥下画画
你写的那张明信片
我看不清地址
你把它漂在了水里

你一路喊着我姐姐
炉火纯青
是我的画风
我告诉你做人的道理
鞭辟入里

每一笔浓淡
都在我眼里
我让你不要害怕
无论爱你恨你的人
机智应对

斗智斗勇
不只是对付男人

这世界聪明的女人不多
如果碰到棋逢对手的女士
一定要珍爱

女人的身体
不只是画布上的裸美
你喊我一声姐姐
主要是你风华绝代的美
让男人也仰视

导游王美丽

青春的旋律在心里荡起涟漪
我拒绝一切爱意但无法抗拒美好
你飞翔的样子真美
好像皇冠会加冕到头颅

我带着你的温婉细致穿越太平洋
我们的人生领悟极其吻合
不只是世界的美景有共同的话题

你看我的时候好像从北极来到南极

我没有假装过青春可我喜欢青春的追求
我不是世界奇迹而你依然为我惊喜
世界的奇观妙景让你的青春丰富人生
踏遍全世界我们需要心心相印的笑声

我会送你一片羽毛你飞翔的时候更加有力
周游全世界你也需要牵挂理解你像理解风景
我要听到你在世界各处的笑声
因为我也热爱世界和用青春行走世界的你

程立龙　笔名草哥，二十多年海军生涯，一直为海而歌。
写了不少关于海的诗章，散见于《扬子江诗刊》
《诗潮》《诗选刊》《上海诗人》《解放军报》
《解放军文艺》等报刊。

人物组章（十四首）

保洁老孙

老孙，川人，保洁，属龙

老孙的个头不高
他说自己一直住在山顶

老孙说话嗓门很大
他说声音太小对面的山就听不到

老孙平时爱笑
他说自己笑了群山才会笑

老孙平时总喜欢扯两嗓子
他说生活怎能没有歌

老孙一直过着老孙的日子
一辆没刹住的大货车
刹住他原本的生活和一条腿

他笑笑说，人可以残但不能废
装了假肢就外出打工

老孙走路有点跛
他却说只要走得正腿瘸算个啥

老孙对病人特别好
他从不拿自己当病人

老孙工作很认真
地板擦得比他脑门还亮

老孙的笑声和歌声一样亮堂
楼道病房都跟白天似的

老孙每月只拿三千多
他说自己啥也不会这钱不少

老孙租住在十来平米的房子里
他一回去歌声就飞了出来

老孙很简单
老孙的生活也简单

环卫工老马

老马，冀北人，近花甲，环卫工

扫帚是笔，垃圾桶是砚
他一路挥毫泼墨
从早到晚，从春到秋

作品全都在别人的脚下
自己只留下风霜
一部分在头上
一部分在渐渐隆起的背上

明明扫了一辈子的马路
他却说自己不扫马路
只扫春秋

一把又一把
不为把垃圾扫走
只为摊匀早晨的第一缕阳光
让每个角落都有

一把再一把
不是为了扫尽落叶
而是把夕阳拢起
不让黑夜带走

老马说自己快退休了
就担心年轻人
会不会也像自己一样去扫

保安老王

半百老王，小区保安，来自山西

翻一座山，又一座山
坐了一趟车，又一趟车
他终于来到城市中央
却在城市以外

一栋楼挨着一栋楼
楼里住着很多叫业主的人

与他有关也无关
因为他只是保安，姓王不重要

他冲所有人都笑
所有人并不朝他，也笑
几条狗甚至朝他吠
他笑笑
对畜生不能计较

老王老家的大门总是敞着
这里的大门得关着
他要守着大门
看住所有的来往进出

岗楼，四季和昼夜分明
他只知道四季
还有四季和昼夜以外
住着他爱的人和爱他的人

保洁小张

保洁小张，内蒙古人氏，刚过而立

保洁未必都是大姐
工服遮住了她的身材和年龄

保洁工作的空间不大
走廊，楼道，电梯间和卫生间

手上的一块抹布
从不让浮尘与肮脏片刻停留
扫帚和拖把是她的随从
走过的地方，永远干净

走路轻说话轻干活轻
就连在角落打开午餐的饭盒，也轻
整栋楼没有她的声音

男卫生间是女人的禁地
她出入自如
她是保洁大姐

垃圾筒里的垃圾每天很多
她低头拖着两只垃圾袋
像飞不起来的鹰

小时工范姐

范姐，湘人，小时工，不惑之年

小区里的人都这么叫
瘦瘦小小很南方
擦洗铺叠煎炒烹炸全不错

几年前随丈夫来京
满口的湘音没人听懂
她就用笑说话
用认真利索的干活重复

刚开始请的人少
她在小时以外再送时间

现在忙得一家连一家
只能往小时里加力气和速度

活儿干得好，饭菜做得也好
喜欢她的人就多
吃不完用不完穿不完的
都让她带走，她笑着收下
但工钱不能少
自己的劳动不打折，她说
不挣钱，背井离乡图啥

老家有一双儿女
那是她最大的牵挂
每天再苦再累
只想让孩子读县城最好的学校
将来也像这里的人一样

进过无数的家
怎能不想自己的家
她说，每天累得只想睡觉
睡着了，就不想了

外卖丁小哥

外卖小丁，陕北娃，年十八

小哥很小
小到像家里还在淘气的孩子
但，他已在路上

头盔和马甲颜色鲜艳
电瓶车似乎已老马识途
方圆十多公里的地儿都熟

酒楼餐厅小吃店都进过
大多站着，极少坐
川菜粤菜淮扬菜都懂
味道没怎么尝过

你想吃的在他手里拎着
穿过风雨飞奔而来
他的衣食住行在你手中握着
是四季的背影

他已经很努力很小心
但还是会晚了凉了破了洒了
别责怪，他吃的更凉
送来就好
不妨也送他个好评

快递小哥

姓牛属牛，滇人白族，个小黝黑

绿皮火车载着青春的驿动
一路向北
掠过大半个中国
终点一辆三轮

城市很大，气候陌生
他用白族男人的步伐
开始奔跑，取暖

小三轮突突向前

雾霾四处躲闪
骄阳下寒风里秋雨中
取件送件，顺行逆行

驮着背着扛着抱着拎着
姿态生动
吃的穿的用的玩的，丰富
都市生活的微小细节

双十一被堆成了山
他是山的后人，喜欢高度
把一座座山装进三轮
跟他一起流汗

爬楼跟爬山有点像
自然想唱唱上山的山歌
可一唱总是走调
这里是楼，不是山

他站在楼外
总觉得楼很高，像山
原来自己一直都在山谷里

搬运工老曹

涞水老曹，五十开外，搬家公司搬运工

上下进出，一趟一趟
一趟沉重吭哧吭哧
一趟轻松靠在墙角抽烟
流在地上的汗不少
长不出庄稼

长着庄稼的地方
他把所有的负重交给毛驴
这里没有毛驴
只有厢式货车和他

车厢不透风
堆着货物和他们的冷暖
太热推开一扇门还热
太冷关上门也冷

扛着大的抬着沉的捧着贵的
拖着弄不动的，汗流得小心翼翼

碰坏别人的东西赔不起
创可贴只贴伤口
卫生纸包的才是疼痛

总觉得再过几年就搬不动了
不再吝啬力气
喜欢电梯的直上直下
没有，六层楼拐弯抹角也得爬
楼梯上踩的全是坑

搬家无非把家具电器衣物
从一个屋子挪到另一个屋子
家怎能说搬就搬
家的话题太沉，搬不动

搬家的人有家要搬
搬家的人没家可搬

夫妻小卖部

小周小李，来自徐州，小本生意

通往地下室的地方
连着明亮和黑暗
他们的营生，面积很小

蔬菜水果，烟酒杂货
撑满六七平米
小李被货挤着，做买卖
没有假货，良心比挣钱重要

门口摞着啤酒和北冰洋
别人喝过的快乐
小周一箱一箱码好
送走一波，拉回一波

楼口的摇摇车
天天摇着别人孩子的欢笑
他们的一双儿女，都在老家

随叫随到，不分昼夜冷暖
分送八年的光景
给小区里的每家每户
所有面孔似乎都熟

白天里的说笑和买卖
在夜深处关门
地下室才是他们的归宿
白天在白天，黑夜在黑夜

外墙清洗工

河北老李，四十挂零，身强体壮

楼有楼的高度
楼顶大多插在天空

老李常在天空
伸手就可以抓住一片云
他从不伸手

云不能当饭吃

一根粗绳
从天上拖到地上
挂着他的生命内外
鲜活被固定在只有上下

不喜欢风的方向
和雨的表达
风雨都不说话
他的世界才会宁静
路过窗户
表情也会生动

从天而降的汗水
把大楼的脸冲洗得很干净
不用电须刀
一样容光焕发

无数次站在高处
却很少向地下张望
不是害怕，而是
他一俯视
就会看到地面上有无数个自己

早餐二人档

夫妻二人，四十开外，来自安徽安庆

早餐得早
头天晚上和面发面
凌晨三点磨豆浆包包子
太阳不能饿着起来

炉火点燃的那一刻
辛劳也跟着点燃
妻子熬粥，丈夫揉面
周围温度上升
黎明就来了

早餐摊摆放在路口
一面围墙是他们的依靠
冬天的脚步虽然忙碌
但蒸笼里冒出的热气把他们推远

油锅不停地翻滚
像家乡的麦浪

小小的种子放下去
总能炸出大大的金黄

端来的豆浆包子油条和粥
并非美味佳肴
却是最好的朝霞
配上黄梅戏的音调
让人一天明媚

剩下的留作一日三餐
这辈子发誓不再吃早餐的内容
卖了八年早餐起了八年早
头发上沾的面粉
越来越多，相互掸，掸不掉

家乡盖起了三层小楼
一层住着牵挂，一层住着思念
而中间那层
住着三千个日夜空白

滴滴司机

师傅姓赵，四十不到，高大魁梧

怎么看都是五十开外
皱纹很深
故事也很深

三十岁年轻的一拳
打在婚姻上
家破得只剩一扇铁窗
出来后才发现
路很宽，却容不下他的脚

尾音上翘的唐山语调
头还没抬就已落地
憨笑在脚下低沉

一米八几的大个子反复折叠
二手富康，占据一半空间
另一半留给乘客
伸展被压缩

一脚油门一脚刹车
脚让自己规矩
不加塞不压线不抢灯不绕道

习惯了随叫随到
乘客每一个目的地
是他生活的目标
他的路从来都不属于自己

车到哪儿家就在哪儿
凌晨两点到四点
后排座椅放不下一米八的长度
蜷着，省了房租
人的高度每天下降

盲人按摩师

盲人王佳，三十又二，河北保定人

六岁时的一次医疗事故

太阳从此落下

他用手认识世界
摸七彩阳光下的鸟语花香
摸教室里的琅琅书声
腿上胳膊上脑门上的伤疤
摸得很少

小竹竿越长越高
他摸到了父母的皱纹
一条离家的路
原本就没有光明

盲人按摩店不大
六张按摩床五个按摩师
他态度好手法好性格也好
揉按捏拍从头到脚
点号率极高

别人的疼痛一摸就清楚
捋经络按穴位揉肌肉
总能缓解
心痛他没办法

可再痛又怎比得上活在黑暗里

他的脑门大
装着世间万象
耳朵也大
一台电脑带他游遍世界
人不能总待在
没有阳光的地方

代驾司机

而立小赵，鲁聊城人，驾龄八年

白天干白天的活挣白天的钱
晚上属于另一个桥段
身上的马甲是个道具
主角不是自己

饭店里的推杯换盏与他无关
酒吧里的喧嚣与他无关

一盏瘦瘦的路灯
拉长他的等候

车型很多
油门刹车方向盘
决定不了终点
别人的去处不是他的归途

酒后的喋喋不休和无理取闹
他默默承受
无数的莫名酣睡
他只仰望夜空
这段走完
才会有自己的下段

折叠自行车
是最好的伙伴
四季风雨
一次次带他从深夜
到更深的夜

蔡小平　网名闲庭信步。喜欢养些花花草草，喜欢在文字中漫游，江苏省散文学会会员，盐城市作家协会会员、盐城市诗词协会会员、盐城市散文学会会员、响水县诗词协会理事。

一支芦苇

白露为霜的日子
就站在岸边
随风摇曳
静对缓缓流动的水

在暑湿中低吟
在冷雨下浅唱
幽暗的黑夜
你有挺直的脊梁

天空云卷云舒
那是大的气象
你关心游鱼的心情
飞鸟的翅膀

一块小天地
随遇而安
热爱并努力地生长
恬静中积蓄力量

卑微地活着
活出自己的高贵
灵魂在骨子里
也有自己的模样

又见芦苇

风中低垂着头颅
在湖岸的深处
留下静美的意象
有谁会去想
日影西移的薄暮
芦苇内心的悲伤

冉冉浮升的雾气
聚来又散去
晨曦的光芒
再次把湖水点亮
曾经翠茂的碧绿
一夜苍老成金黄

头发花白
身材干瘦
倔强地临水而立
仍有坚实的风骨
在光阴的消磨中
和冷寒对抗

毛新萍　又名毛毛，出生新疆伊犁，籍贯甘肃酒泉，央企
管理人员，现居北京，常驻江南。中国石化作家
协会会员、南京市作家协会会员。多年来，在省
级及全国性报纸刊物发表作品数百篇，有诗歌、
散文及小小说几十篇作品陆续被收录多部公开发
行的书籍及作品集。

多年以后

这是草长莺飞的二月
暮色里　是谁从不同的方向
把金色的梦想赶回了田野
而坐在时间里歌唱或缄默
什么比幸福更明亮
什么比清澈更透明

春天以成长的姿势轻舞飞扬
而梅花落在书页上
芳香依然如最初
有谁在怀念的黄昏里
让粉碎的念头触及灵魂
而在岁月里低吟浅唱
当花期来临的时候
什么比期待更渴望
什么比生命更重要

多年以后啊
从目光的海中走出
海的外面依然是海

而被海浪所融化的精神
该注脚何处
当富有变得一无所有
所有的影子都是石头
黑暗是一副真实的面具
一切都回归到了本来的样子

多年以后啊
被岁月的谷雨淋湿
天的外面依然是天
而被云朵所衬托的蓝天
该如何述说
当诺言变得面目全非
所有的纯粹都变成尘埃
人生是一场猝不及防的风雨
无边的语言纷纷飘落

多年以后啊
该抒情还是该忧伤
是谁在花朵的蕊中
被深深唤醒

未央

夜如何其？夜未央
情如何其？情未央
逃出或者归来
都是雨雪霏霏的日子
已知道结局
仍然会想象杨柳依依
天空那么阴郁
一如夜的惆怅
在远得不可企及的地方
思念是昙花一现

十二月的北方
注定会有飘飘的雪花
会有厚厚的积雪
会有一双急急的脚步踩过
北望
眼睛充满了六瓣的花朵
雪盲季节
谁能知道

而江南的冬季
一定寒冷无比
独独于我凌寒在此
暗香于无声处
我无法寻找
是谁在未央之夜
低吟浅唱中唤着我的昵称
让我辗转反侧
是谁为未央之情
让我泪流满面不能自禁

如果能够许下一个心愿
如果能够实现许诺的心愿
我就做今冬十二月的雪花
飘飘洒洒跟随你的脚步
轻轻落在你的肩膀
落在你短短的睫毛
好让你永远记住我的样子
记住我融化时的晶莹

雪歌

……仅仅是为了等待
渴望在最后的想象中，开放了
在遥不可及的高度
雪的心事是雪莲
长在绝壁之上常年不化的雪里
歌声里那些柔软的花瓣
静静地
而草地上，远方的大雁是游子们的影子
做过梦的苍鹰盘旋于低空

其实雪的歌声终将逝去
已经祝福过后的等待了
那时，钢琴声很纯净
使所有淡淡的忧伤都纷纷坠落

于是，在雪融之前
一大块宁静的时光
而那些流过古雪之泪的千年古松
被低低呼唤后
都在一堆沉甸甸的梦中

沉沉地睡去了

雪融之后
除了曾经遗忘了的歌声
便是岁月长久的战栗

鱼之心

春风不吹柳絮不飘的季节
鱼的心是一座寂寞的小城
犹如向晚的长长街巷
数不清的灯影恍惚
而水之湄有故事翩然起舞

水的声音划过天际
月升月没的日子里
莲花开启的瞬间
花瓣的语言芬芳四溢
而鱼的心是一座寂寞的小城
犹如黄昏里虚掩的窗扉

说不尽的花之泪

鱼舞着在水中央
在永远的未知的岁月里舞着
最精明的垂钓者也不能钓到的
——舞着的鱼，在水中央
水声淙淙流过
打哪儿起程或落脚
而鱼的心是一座寂寞的小城
犹如长夜里的清露莹莹
即使在时间里埋千百年
依然透明
依然晶亮
依然是不能用手指去碰的
一碰就会
停止
跳
动

焦红玲　北京人，爱生活爱诗歌的70后文艺女中年，汉语
　　　　言文学专业，本科学历，教师。喜欢简简单单的
　　　　生活，认为每天最快乐的事情，就是夜晚用一盏
　　　　诗歌的灯火，映照孤独而喜悦的心房。业余共创
　　　　作诗歌六百多首。

时光之果

投向花园的我的眼神
水波一样温柔
如梦花期
无力抵御瞬间变老的时光
自然凋谢，风吹雨打
无形与有形
都一样的无情一如
耳光响亮

我不敢诋毁
一树酸涩的青果
那是年轻的惆怅悬挂枝头
甜美气息尚需时日的煎熬
飓风冰雹如暗箭难防
我尊重当前这未老的时光
不忍辜负，尽情疯长

我不敢漠视
如孩子般任性的梦想
铁树开花和点石成金的童话

早已不是童话
宁肯固执地相信
天黑出发的双脚
会沐浴到天边喷薄而出的曙光

我不敢虚度
每一寸稍纵即逝的光阴
眼睛触摸到的老物件
全部荡漾着旧时光的波痕
而产房里
每一声新生儿的啼哭
都镀上了稚嫩的金色光芒

黄昏的金色麦田

今天黄昏的金色麦田
宁静得像远山从天边衔来的油画
太阳的暖香和成熟麦子的芬芳四处弥漫
大地甜香的秘密一览无遗

我想象着就在眼前，也许明天

广袤的麦田将经历一场火热的直播——
届时机器轰鸣，热浪滔天
饱满的麦穗完成幸福远嫁的仪式
剩下一小截金色的麦秸恋恋守望
热情的夏风将挥动隐形的翅膀一路欢飞
把祝福捎给渐行渐远的姑娘

也许明天午后的闲散时光
会由远而近走来拾穗者
他们低头弯腰无比虔诚
遗失了的金色麦穗终于落袋为安
如同往昔的美好时光夹入纪念册
阳光下的人们汗流浃背，衣衫上晕染了山川河流和缤
纷的花朵

而今天我眼睛里一切静美的事物
包括内容和形式都在
醉美不过西边的天空，脸颊一片片绯红

无处安放

清晨须披星戴月，须争分夺秒，须穿过九曲黄河般的
　百变街区，
才能像一把气步枪，精准射中靶心的一片汪洋。
来不及多想，一头扎进去，须游一天泳，才能
心安理得。才能拖着湿淋淋的身体上岸。才能
披星戴月，奔波于陆地另一个战场。
这就是我，作为一个教师的日常。

而水陆两栖于我似乎还不够，须在闲暇时
切换第三种模式：飞翔的姿态！
是一种幸福，也是一种病态。
是一种自由，也是一种药方。
一个饱含深情的人，无处安放的心终于有所寄托。
一个视写诗为救命稻草的人，注定半生难逃情网。

你是一蓬蓬野草，长在我必经的路旁

你是我梦里，千回百转，想要一睹芳容的
昙花一现
你是我平静的海面上，百年不遇的，展翅鲲鹏
一去不返
你是我密室里，伸手不见五指，无边幽暗中
隐约的光亮
你是我这串音符，在尘世间，得以惊艳行走
最美的和弦

现在，我只愿你褪下神的光环，只愿
你是一蓬蓬野草，长在我必经的路旁

无论你是新绿还是枯黄，蓬勃还是衰败
都是我劫劫长存，生生不息的爱恋

那唯一的春天与抒情

你说春天有一个很大的风口①
你会站在那里等我同行
可我错过了这唯一的机会
错失了这唯一的抒情

我耽溺于路边暖暖春色②
直到秋风③吹疼了脸
才想起——
你的邀约，我的誓言
亲爱的，你可知我受到了惩罚
我穷尽半生的力气弥补
化身忧伤的蝴蝶
穿越了此后若干个春天
这些春天都敞开小小的风口
你早已如风逝去
只有你美好的名字擦亮了
无边的黑暗
只有你的影子提着灯笼
照亮我此后的前程

二十多年后我终于来到了

传说中春天那个很大的风口

春天早已阖上眼睑

没有风，只有雨

斜斜地打湿了我的眼帘

以虚幻的一片荷叶身份出现

我身上滚动着层层叠叠的泪珠

是一生的疼痛

我这片荷叶

终将在晚秋枯萎

泪珠滚落

湖中

---

①春天有一个很大的风口，指本该奋斗的易逝的青春。

②暖暖春色，指贪图享受。

③秋风，指人到中年。

亲爱的

亲爱的
你是我尚未成行的诗歌
我是那个眼神清澈的孩子想你
攥着一截铅笔头

你是如水的白月光
是黑暗中最美的一张脸
你是淙淙春水弹奏着
如歌的行板

你是不眠夜草原上嗷嗷鹿鸣
刺痛了天空
你是幻想中的星空那双
最亮的眼睛

你是如烟的惆怅
是我挣脱不掉的爱的樊笼
你是我拼命摇动的船橹
亲吻不到的远方

你是秋天地里泛滥成灾的蝗虫
啃食得我这片庄稼
瘦得只剩
皮包骨

你是疼
你是暖
你是召唤我风雨中翱翔的
一片彩虹

你是我梦中炽烈的爱
在无边的黑暗里我们深情相拥
爱如梵高画里的向日葵漫山遍野
霍霍燃烧

深夜的耳朵

深夜。让我们怀揣爱和谦卑，向萤火虫，昙花，以及一切微不足道的事物致敬，问好。让心静静地飞，让耳朵翩翩地舞。

深夜是一条黑色多情的河，无声地歌唱。她有锦缎般光滑的肌肤，她盛开波光粼粼的花朵。

她愿每一个漂泊的灵魂，经过她身旁，都降下帆，徒步来到一首诗歌温暖明亮的河岸。

多么想放歌啊，放逐所有压抑的细胞！让歌声插上翅膀，在暗夜里翱翔……

然而宁静是深夜河流的心跳，她拒绝浮华和喧嚣。唯有一盏诗歌的灯火，星星般，映照孤独而喜悦的心房……

深夜需要的，是阅尽千帆之后，一个自由而充满热爱的灵魂，一对默然欢畅的耳朵……

我总是对夜晚不胜倾慕

我总是对夜晚不胜倾慕，像山对水的依恋，像太阳对月亮的感情。

　　她无边无际的黑色浪潮翻卷着雪白的花朵。她卸妆后不那么美好却亲切生动的面容。她梦魇中含混不清地说着孩子气的真话。她大海般的深沉包容，诗人般的细腻丰富……

　　在夜色来临之际，我陷入了她宽大而温柔的情网。

　　且慢。夜色温润如玉，适宜濯洗和修复。先让疲惫的木舟恢复美丽的花纹，先让洁白的船帆更加洁白。让肃穆的天空深情凝视大地的苍茫。让丑恶赤裸裸战栗着，接受月光的审判……

　　然后，放逐爱。像放逐口袋里的风……

　　可是我的爱啊，是如此干净而卑微，像一个执着而羞怯的孩子。总是偷偷地，把表白的诗句，改了又改。

　　总是踟蹰着，攥着美丽的小纸条，说不出口。

　　也有时我的爱很勇敢，总有那么两行诗，冲破心的樊笼，在夜色中，白蝴蝶一样飞翔……

对于风的热爱
——致"冬歌文苑"

一

请原谅我，在没有生出翅膀之前，我只能立在原点，陀螺一样地转动。我只能做自己，角落里一棵平凡的小草。

风舞天涯，多么美的愿望，终究是战栗在我心尖上的晨露。

二

不曾悲哀，尽管我渺小。对于巍峨的山峰，对于广袤的天空和遥远的海洋，我有向上托举的、日出一样的赞美和向往。

我知道，实现这一切，要依托风的力量。

这是何等的幸运：脉脉不语，风听懂了我内心深处所有的渴望，风带走了我无涯的祝福与自由欢飞的想象！

三

可以接受黑暗，却无法承受封闭。如果不幸摊上这样的命运，会挣扎，会逃逸这灾难事故的现场。

抑或，在心头点一盏明灯，画一扇小窗。让明月清风撞击着我，小鹿般青春活泼的心跳。

是的，窗子。我会不由自主爱上一切有窗的房子。

归根到底，是出于对风的热爱，与依恋，对新鲜而洁净空气的向往。

四

起风了！我终于舞起来了！不惊艳，不热辣，却足够轻盈，足够明亮。

我看见我身上闪烁着一层暗哑的光泽，鸟儿的羽毛般，宁静、低调而迷人。

五

是时候感谢风了。因为有风，暂时没有生出一对翅膀的我，在原点，也抵达了诗意的远方。

因为有风，一切看起来那么美好……

我爱这土地

我爱这土地。这北方硬朗、黑黄的土地上，生长出了一茬茬、一片片生生不息的希冀。

作为土地的孩子，我多么想表达对她的眷恋与爱意，可柔弱的手臂啊，抓不牢任何一件农具！

只有一支笔，一支并不年轻的粗笨的笔杆，只有摇曳着它，像父辈挥舞沉重的镰刀铁犁。

像父辈一样诚实，像问号一样把身体弯曲。像土地一样缄默，像天空一样无所畏惧。像风一样微笑着播种，像雨一样幸福地挥洒汗水。

我爱我手中这唯一的工具，我爱这土地……

歌唱夏夜多情的风

夏夜迷人，全无心机。释放了自己，也给风，松开了手脚。是的，风。现在，她张开了欢飞的翅膀。

推开窗，扑面而来，湖光山色般的清凉和劲爽，在微波中荡漾；走出门，疲惫褪去，裙裾飞扬。在夜风的怀里，我尽情绽放着自己。陪我一起绽放的，是那片片诗情。

这夏夜的风啊，有仙子的曼妙和云朵的轻盈。明月伴奏，清风起舞。她总是能撩拨起平凡的人们，欢乐的神经。

她尤爱踱步于空旷的山野，茂密的树林，广袤的草原，以及辽远的海边。用多情的眼神，抚平苍茫的人间愁苦的皱纹；用爱的絮语，擦干多舛命运赐予大地的，悲伤的泪痕。

她是黑暗中淳朴美丽的精灵。她有母亲般的爱和温柔。总是轻扬羽扇，不眠不休，只为装饰，一张张小床上，一脸倦意的孩子，绮丽的梦境。

她还有一双洞察世事的睿智的眼睛。不会给贪婪者过多的奖赏，不会让清贫者两袖空空。

多么想放歌啊，歌唱这夏夜多情的风！作别白日的喧嚣，消退白日的浮躁，她有世界上最真实最动人的面容！炎炎夏日，灼灼燃烧之后，夜色降临，穹顶之下，她雪花一样飘洒着清凉，她月光一样倾泻着柔波……

然而，我是先天失音的歌者，我有一副先天失聪的耳朵……

　　对于这夏夜的风，我只有从自己滚烫的心里，掏出金子般虔诚的手语；我只有努力托举着它，托举着这日出般喷薄的、向上的赞美！

如果有一天我从网络上消失了

如果有一天我从网络上消失了
我一定是和高空飞翔的氢气球一样
去往了更深更美的
自由

请相信特立独行如我
始终怀揣金子般不容置疑的真诚
如果有一天我从网络上消失了
我只是想去真实的国度旅行

眼前飞舞着天南海北的甜言蜜语
配合着美轮美奂的各种虚拟表情
所有象征爱情的玫瑰都明码标价

这让我思念飘飘洒洒的雪花

如果有一天我从网络上消失了
亲爱的你若想我可在寒冬踏雪而来
有一扇门为你敞开我们围炉夜谈
有一壶酒为你温热我们把盏言欢

梦　雪　供职于中国石化胜利油田某机关。喜欢散文、诗
　　　　歌，并有多首作品散见诗刊、报端，曾出版诗集
　　　　《大海天空》。性格乐观开朗，善于用心捕捉生
　　　　活中的美，并传递给身边的每一个人。

八月的秋天

风划过八月的田野
日子像镰刀一样　闪着光芒
秋一路奔忙
装满色彩的行囊
东坡染红高粱的脸庞
满地擎举着红彤彤的火把
燃烧着激情与向往
在金色秋阳里
实现春天的理想

西洼洇晕稻谷的金黄
一浪接一浪在风中招摇
满穗丰盈甜美的日子
南山沟里枝头飘着果香
经不住诱惑的鸟儿
悄悄躲在叶后品尝
握满金秋的农家人
笑得泪眼汪汪

满山坡的牛肥羊壮

亮了牧歌的晚霞

放牧的小伙情歌绕山梁

羞红山坡上采茶姑娘的脸庞

醉了漫天霞光

风筝

离开故乡很多年

老屋和小河已变了容颜

曾经的老槐树依然

站在胡同北头　撑起一片天

似曾相识的笑脸

在脑海反复过滤　找不到答案

只是回应地笑笑

眼前一片茫然

曾经的乐园　只能靠

仅有的记忆充填

推开老屋的门　大声呼喊

声音却在半空盘旋
寻不见那熟悉的身影
我犹如浸了水的风筝
在故乡一隅　寻找
迷失的童年

赵喜民　笔名老九，汉族，中共党员，小学教师，河北省河间市人，热爱生活，追求高尚，喜欢诗歌。

撵尘中的小树

乌云驾驭着狂风开始蹂躏你的那一刻
你努力地摇摆着身子
是表示顺从还是在扭曲着说不
风魔的狂笑是要将你臣服的恣意
它大胆地把对你的抚摸变成揉搓
狠狠摁下你的头又捋下一把头发
咆哮着咆哮着把碎发高高地扬甩
让它伴随着飞沙走石的呜咽狂奔
它还觉得不够快意不够鲜血淋漓
再回头把你匍匐得几乎成了
地平线上一条睡了千年的鱼
随后把你的胳膊反扳在身后
双脚踏上你的后背
为的是离去时从你身上高高地弹起
它就这么恣意着狞笑着无所顾忌
摇曳着申公豹注给他的内心的狂欢
呼啸而去

你耳边轰隆着
感觉到了身上一万匹战马在踩轧

风魔揪拽你拧扯你捻搓出的呼哨
吸引着春秋五霸的战车隆隆开进
穿越了两千年的时空又一个轮回
是谁的鼓动谁的放纵还是谁的指使
把渔夫扔到大海里的罐子捞起
拧开了盖子为的就是重复上一个过去
乌云撕裂开肚囊
把憋足的肮脏和污垢
统统地劈头盖脸地给了你更大的出其不意

你强忍着内心的痛苦却没有呻吟
你努力地摇摆着身子不是顺从而是太极
风魔狂笑的恣意抽走了你身上的虚幻
注入给你的是经书上散发不出来的骨感和傲气
你匍匐成了一条鱼
是要穿越时空品味历史撵尘的滚滚气息
历史的玩笑重演之后照样还会留下
泪痕斑斑和血迹滴滴
血泪的磨炼使你悟出了天使的召唤
要想参天就要能够承受时空鼎镬里风云的洗礼

梦蝶

远远地望见你，
心海便漾起了涟漪，
你那美丽的翅膀，
每一次颤动，
便是春的一次呼吸。

你这小小的精灵，
飞舞着，
编织出彩色的神秘。
花蹊边的流连，
充盈着百卉的盛意，
枝头上的等闲，
蘸满了韩凭的思绪。

人间春意几何许，
晨风午雨日光斜，
飞舞吧，你这精灵，
莫负了这春阴，
莫负了这韶华，
我愿振起我的双翅，

和你一起，
点醉一片春绿。

赶在雪花到来之前

买件新羽绒服
算是对冬的尊重
旧旧的围巾扎紧
心中萦绕着你的期冀

这么久了
不敢再去把你的心灵窥觑
你还爱我吗
我的卑微早已
击碎了接受爱的勇气
寒风刺痛的肌肤
没有大不了的畏惧
你的眼神
永远是我的在意

很想默默地转身
又想在雪花飘起的
第一个夜晚
去初见的柳树下
等你

李　静　笔名天雪沉香，现居河北沧州。爱好文学，喜欢诵读，在当地报刊发表作品若干，部分作品被《当代文摘》《世界诗人作家文集》《边塞诗刊》"塔尖之上""诗天子""冬歌文苑"等多家文学平台刊登并作为美文诵读。人生格言是——青春是一段年华，岁月是一指流沙。

某个时刻

风把最后的秋意
逼近渡口
飘零的落叶安静
不再等一场雨来幻想

霜降以后
阳光迟疑的暖
穿过厚的枯黄
拽出几声虫鸣的呻吟
山峦的落霞燃烧最后的枫红
血色里一朵忧伤的云
落雨在守望的目光上
洗涤过后修心一场爱的泅渡

寒风里迁徙如同行走的刺
留下过往结痂的痛
光阴里的痕迹
等阳光的回味

起风了
一场赶来的雪

空旷的心境急着表白
节气里等
某个时刻回来
一洼水痕里的目光

在诗的最后一行等你

那一刻听雨
柔美的心境不能触及
枝叶掌心里的晶莹
光影淡了无数洗旧的模样
人间的雨　沉默
折射一眼回眸里的景致

雨后阳光安暖
仿佛一位长者沐浴他的孩子
纷飞的蝴蝶
牵出旧时光喋喋不休故事

那些缤纷色彩里的新叶

渐绿渐黄花开半夏
悠闲结一枚果　落一粒籽
朝夕里风情万种
云烟不争　独享过往

某一时刻
听风铃里的童话
喇叭花争先恐后爬过山岗
寻找丢失的歌
充满田野的风情
静美时光一瞬间触动

生长的记忆
光阴深远沉淀的牵念
清素华年　握紧时光的笔
在最后一行诗意里等你

杨书娟　笔名怡澜，河南省平顶山人，从事教育工作，闲暇之余爱好写作，喜欢用文字表达美好。

等花开

在雪地里行走
看见鸟儿飞过
听见远处孩子们的嬉闹声
心生欢喜
哦，我在等花开

飘雪的冬夜
友人来访
炉红酒暖
快乐流淌心间
哦，我在等花开

铺开画纸
涂鸦大朵娇艳的牡丹
姹紫嫣红
自我陶醉
哦，我在等花开

捧上一本书
从天明读到天黑

痴迷其中
任时光匆匆流过
哦，我在等花开

等花开的日子里
贮存快乐
贮存希望
在那个美丽的时刻
能够听见花开的声音

情人节

你和我
走在寒冷的北方小镇上
踏着松软的积雪
牵手走过一家家店铺
烤白薯的香味飘过
你买来剥开
我们共享这温暖的味道

屋檐下的冰凌依然挂着
腊梅的清香
诱惑着我们前行
鞋已尽湿
只因与你一起
寻香而来
折下一枝

在情人节里
我接受你的花
一枝盛开的腊梅
我幸福地哭了
泪落在雪地上
我知道
我们又回到了从前

走过青春年少
由爱情变成了亲情
突然发现失去了许多
沉默
为自己找到了借口
贵重的礼物
再也打动不了我

在这样的日子里
我们踏雪寻梅
走一走
我们曾经走过的路
蓦然发现
爱情依然还在
庆幸没有迷失了自己

亲爱的
——写给十九岁的女儿

亲爱的
你已悄然长大
青草泥土的芬芳中
不再牵起我的手

房中
你默默地想着心事
音乐舒缓、蔓延
不再与我共读一本书

步行街上
你和朋友走过一家又一家的店
所买心仪长裙
不再问我是否美丽

温婉的你走近
恍如昨日的我
欣喜，不再伤感
你长大的模样印在我的心海

亲爱的
青春美丽无比
只是希望
你永远笑靥如花

楝树

雪地里
你摇着满树的果子
迎风而立

如一位少妇
明媚但不张扬

遥想春日
浓郁的花香
弥漫了整个村庄
浅浅紫紫的花朵
装扮了春的娇俏

燥热的夏
因你的宁静
多了几分淡然
在你的绿荫下
读懂了夏的热情

争宠的秋季
你不卑不亢
任那五彩斑斓
笑眯了双眼
你自顾向上生长

冬季的苍白
因你的点缀

有了一树花开之感
你特有的美丽
丰富了我整个冬日

雨夜

细细的，密密的
在黑夜里悄无声息
手里的雨伞
不愿撑开
任那雨丝
滴落在长发上

走在巷子里
听见屋檐下
雨滴在低唱
黑夜里
泪慢慢滑落
赴一场一个人的约会

我知道
遥远的外乡
你和我一样
思念在蔓延
没有你的陪伴
寒意慢慢滋生

为自己唱一支歌吧
和着打落在伞上的雨滴
把寂寞驱赶
夜色弥漫着
昏黄的路灯下
心，慢慢静下

一个人的清欢
流浪在夜色中
雨依然下着
脚步已轻快
守着那份深情
等你在花开时节

孙美禄　笔名美禄，1972年出生于江苏响水，自幼喜爱文
学，兴之所至，至今依然。在点滴中观察生活，
在文字中感悟人生。作品散见于地方报纸杂志。
现在江苏连云港工作。

三厘米的距离

泛黄的地图清晰的标记
我和你相隔三厘米
一厘米是等待
一厘米是盼望
一厘米是酝酿很久的勇气
从东到西，线条咫尺
人却千里

转身的瞬间离别的雨季
我和你相隔三厘米
一厘米是无奈
一厘米是哀愁
一厘米是无法掩饰的泪迹
从爱到怨，背影咫尺
心却千里

熟悉的笑容凝滞的年纪
我和你相隔三厘米
一厘米是回忆
一厘米是怀念

一厘米是曾经错过的美丽
从生到死，相片咫尺
魂却千里

侠客行

一

我剑出鞘，利若秋霜
我刀所向，雪花静止
肝胆侠义
江湖上流传着我的名字

月光凄冷
我舞动长枪
墙面上留下变幻的剪影
举杯豪饮，佳人在身边弄琴
一丝弦音，一丝柔情
醉意中不觉穿越千年的光景

我以最美的姿态跌落尘埃

跌落在光怪陆离的世界

人们问我是否考斯普睐

我茫然不知所云，不知身所在

我无法面对费猜

一展轻功，飞越人群

谁知如崖的墙壁，琉璃滑如青苔

更有那巨大的人像如鬼魅般闪现

不容我惊呆

身体急速坠摔

电光石火间

长枪横出

坚硬的地面堪堪避开

我不理会尖叫和喝彩

眼神迷乱于色彩

我想走进一屋的灯火通明

却被透明狠狠撞击了脸……

饥肠辘辘

路边的包子铺飘来香气

我从怀中摸出铜钱

却被无情驱离

呆呆地看他们拿着方形物什

闪一闪光，换走默许
我想在醉梦里回到从前，可是
可是钟爱的美酒无处寻觅
佳人在哪里

二

独立小桥，风吹满袖
衣上酒痕未干
陌生的尘世，一切皆新奇
只有月亮依旧，冷冷地悬挂在天际
照不见我的归途，眼前恍如隔世
有白鸟在月光下惊啼
可惜不是旧沙鸥，空增怀感
继而细雨点点行行，更添凄凉意

我背负冰冷的长枪
孤独地行走
从夜晚走向天明
风吹不灭路边怪异的灯笼
黑夜如白昼般光明
一只只铁兽从身边疾驰而过
不由得想起心爱的枣红马
耳畔依稀回荡着它的嘶鸣

当我精疲力竭的时候
我看到了似曾相识的画面
路中的牌坊上写着——横店
我看见了与我一样装束的人们
看见了庭院楼阁的出现

前途未卜，眼前不知真实还是虚无
迎着冷雨，迈着沉重的脚步
我曾经无所不能
此刻却如此无助
我想不清楚，也无人倾诉
别无他顾，我只想找寻来时的路
今天寻不到，寻明天
今生寻不到，寻来生

姐姐

姐姐　天色还未破晓
母亲在沉睡
你要去往哪里　路灯拉长你不再挺直的背

生活将你禁锢　空荡的大院里塞满琐碎
清冷的井水冰彻了双手
你已太累

姐姐　阳光穿透玻璃
母亲还在熟睡
鸡鸣将她唤醒　榨汁机里旋转着杂粮和果脆
你像面对着婴儿　一勺一勺耐心地喂
听着她含混的唠叨你揣摩着意味
大声应对

姐姐　时间一晃而过
精力不再充沛
容颜无情的苍老　逝去的美丽只能留给回忆迷醉
岁月点缀着雪白　将青丝的乌黑洗褪
你日复一日重复着昨天的疲惫
说无所谓

姐姐　树叶绿了又黄
菜园不再碧翠
猫与狗在追闹　生活的激情被平淡冲兑
你扛起照顾母亲的重担　将六份亲情融汇
面对着我们的愧疚和曾经的无人安慰

无声流泪

姐姐　你也是本该享福的老人
我们如何回馈
晾绳上晒满了辛劳　开水在炉灶上腾沸
母亲好像不再变老　时光却偷走你的年岁……
上苍让我们成为相同血缘的姊妹　无比感恩
无比珍贵

孔望山摩崖石刻

定格的历史已是千载
海拔的高度不过百米
你静静地守护着年轮的线条，一根又一根
在岩崖上慢慢粗粝
你栩栩地生动着古老的影像，一个又一个
在风雨中缓缓侵蚀

人们以为佛教的传播自西向东
据说是看过了敦煌的瑰丽

而你呵，却要更早二百年
孤独地在大海之滨矗立
千年的古庵与你紧邻，龙洞里弥漫着旺盛的香火
我想问问你的起源，问问往古的秘密
诸神皆回避

古拙的技法彰显华丽
镌刻的佛像神态各异
施无畏印，结跏趺坐
宝光圣洁。更有那舍身饲虎的萨埵那太子
讲述着佛经中古老的故事
玄妙又神奇

造像里隐藏着汉风的遗韵
揭示了神州最早的佛教摩崖古迹
双手合十，我怀着满心的虔诚和痴迷
你只静默地看我，在尘埃中呼吸
想要伸手靠近，指尖与你相触的一刹那
血已冷冰，幻象迷离……
我发现我化作一朵莲，跃上你赭黄的崖壁
于是，在那缥缈的境地
这尘世少了一份烦恼，多了
一种怜惜

倪宝元　笔名晓波，江苏海门人，从军多年，现居上海。中国青年作家学会会员。其散文和诗歌在《海门日报》《湖北诗刊》《宝山报》"冬歌文苑""咸宁诗人""宝山发布"和"东方诗歌"等文学平台发表。

告别秋天

残阳如血
婉约的湖边
一片寂静

鸿雁的悲鸣
早已随风飘散
遗落在去时路上

离别的惆怅
似袅袅云霞
牵动一池湖水
满地斑驳

我知道　你曾经来过
在黄昏的夕阳里
在深秋的柳树下
独自遥望

在渐瘦的湖边
采一支芦花

放在你曾坐过的地方
默默离开
离开满目夕阳

忍不住回头
那张座椅
那个依稀的身影
一瞬间　热泪盈眶

守望

秋叶缓缓飘落的弧线
满载无言的眷恋
那些泛黄　染红　挂枝的
都是不舍的表达

离别的心情
在飘浮的云朵上堆积
只待一场秋风
那些不愿轻弃的诺言

就会滴落

南飞的鸿雁
一横一竖
在天空交替着　把爱书写
那些悲鸣告诉我
它知道　你是为谁在守望

我想　今夜的月光一定是清冷的
那些风中漂浮的思念
淡淡的　幽幽的
跨过千山万水
挂满了你窗前的树梢

在那雪花飘落的地方

期待已久
雪花如约而至
飘飘洒洒
覆住了原野山川

万径人踪

想你会在南方
在温暖的骄阳下
向北遥望
那些雪花
可是你眼中闪烁的光芒

翻开已被时光漂白的书
围炉取暖的曾经
从窗外一闪而过
就像一片雪花
遮住另一片雪花

我在雪花飘落的地方
想你此刻的模样
一杯清酒　一炷心香
那雪地上一串串脚印
便从梦里伸向远方……

刘美英　笔名雍静、云烟芳子，1985年出生于湖南岳阳，现居北京。诗人，北京大学青年作家班首届学员，中国青年作家学会副主席，中国诗歌学会会员，中国文艺家协会会员。中国少年作家班成立十周年创作银奖，首届"中国青年作家杯"诗歌组一等奖等奖项。出版诗歌合辑四部：《当代诗百家》《花开的声音》《岁月的回声》《红崖艺苑》，共创作诗歌八百余首。现为《关东鹿鸣·剑厚文化家园》内地版副主编，《世纪文学传媒》诗文总评部长。

与诗相恋的女子

这辈子，只与诗相恋
在文字里择偶，悲伤的句子
用来将情感疏离
美好的句子，装点成恋爱的样子
喜悦与幸福都流于指尖
可以化上浓妆，叼着气质的女士香烟
在文字里与桀骜不驯的对象谈笑风生
也可独饮一杯酒，烈成张牙舞爪的模样
逗趣文字中的你
可以有绝世英雄的豪情
亦可有天下苍生的抱负
与诗相恋的女子
将所有的苦难悲欢，演绎成
天道轮回的句子
携手一片虚无，走在远处
光明的路，永无回头

一首诗的距离

我们之间，只有一首诗的距离
华美的文字给我，深情却如你
你是树梢上挂着的星星
我就是你心里明亮的月光
一个距离在天上，一个距离
在心里
你即使不曾说爱过，却夺取了
我明眸间的光亮
这份光亮似火，可以烧伤你的心扉
这份光亮似冰，亦能灼穿你的心肺
就在一首诗里，彼此折磨
折磨成你想要的样子
直至这样的句子
终结在来去无望的路上
一份思念给风
一份相思给你
剩下的点滴空间，留给自己
在诗行里久久回味

王海洲　湖北监利人，现居福建漳州。大学毕业后携笔从戎，陆军上校转业地方工作。坚信好学才能上进。在各类期刊、报纸及网媒发表杂文、散文、诗词、诗歌等三百余篇。

夜宿百草园

夜，渐深渐寒
渐深渐寒的夜，被轻风细雨爱抚着
与园中虫鸟一道歌唱，伴随百草翩跹起舞
她沿着栈道漫步，直至翻过赤茅峰尖
消失在月光朦胧的山谷

夜，渐深渐浓
渐深渐浓的夜，被诗情画意熏陶着
像老师一样诲人不倦，如文友一般和蔼谦逊
毫不吝啬捐献出每一个音符，倾心点亮生命的颜色
自己却随风而去

微弱的月光
藏在雨雾背后，娇羞欲滴
跟随虫鸣鸟叫声和百草清香，一同挤进小木屋
窗前没有月影
只有如歌的诗与远方

山谷的深夜，已不见白昼暖冬如春
稍微几分寒意

我依然陶醉在没有月影的深夜
枕着芬芳安然入梦
寻觅诗歌的韵味和生命的真谛

微风细雨，月光倩影，百草清香……
不正是我寻觅的迢递深邃的意境吗
在百草园的小木屋里
放纵思绪才是这个黑夜的主题

佩奇

婴幼懵懂时
"佩奇"是一杯甘甜的乳汁，把我喂养大
也是一片贴心的尿不湿，呵护我健康成长
又是一个小小的玩具，陪我分享快乐时光
还是一个微笑或者拥抱，给我极大的安慰与鼓励
……

年少轻狂期
"佩奇"是一根绿豆冰棍，送给我一夏清凉

也是一次追逐嬉戏，带我去田野尽情撒欢
又是一件过年的新衣服，把365天的期待穿在身上
还是一席暖心的话，帮我在青春叛逆中校正人生航向
……

长大成家后
"佩奇"是一次次给孩子喂奶，尽为父之责
也是一通通打给父母的长途电话，诉说漂泊的酸甜苦辣
又是一年一年期盼回家过年，寻找心底那份珍贵的乡愁
还是一次又一次邀请父母来城里生活，以求宽慰内心
　　的愧疚
……

暮年时光
"佩奇"必将是为孩子做一桌可口的饭菜，奢求以胃
　　留住他们的心
也必将是通讯中一次次唠叨，叮嘱认为永远没有长大
　　的孩子
又必将是年复一年期待孩子回家，在团聚中分享些许
　　快乐
还必将是病榻前有人陪伴照料，增加坦然面对死神的
　　勇气

"佩奇"啊
你是人间最美的亲情，是被物化和神化的爱
简单而易被忽视、廉价却又无价
愿天下每个人都能得到你

蒋叶花　1973年出生，浙江杭州人，在职研究生学历。1994年至今就职于杭州市拱墅区康桥街道办事处。发表诗歌、散文数十篇。

芦苇三题

一

秋天

将寂寥塞满天空

你

却向秋天要来时间

在河岸挺直了腰杆

叶子黄了

也不衰败

没有向自然要求过多的颜色

努力开出雪白的花

只是一味的白

也灿烂成一道别人不可企及的风景

一支也撑得起季节

绵延河岸就索性唱响秋天

红红火火

不遮不掩

二

我钻出泥土

向河岸伸出绿色的手

是为了感谢大地的厚爱

我不断拔高个子

不断长出枝叶

是为了向天空告知努力的迹象

我在风中摇曳

弯腰向河水示好

是为了表达依河而居的谦谦之礼

经过了春的温暖

夏的炙热

终于等来秋天

那是属于我的季节

当色彩成为别人眼中的枯黄

我也要作生命的怒放

用枝干直指天空

用芦花向季节深情回望

　　三

不是蒹葭

可否苍苍

我是一支瘦瘦的芦苇

和草一样

餐风饮露

平凡着平凡
节气里自由生长
难登《诗经》的大雅之堂

河岸懂我
给予我不懈的供养
我把开花当成生命的渴望
我倾尽毕生的洁白
开成轻轻的浪漫
开成秋天的通透理想

你若想我
芦花编织的不入流的诗行里
支支都曼舞为你等候的情义

不是蒹葭
可否苍苍
我是那支瘦瘦的芦苇

陈俊泽　中共党员，河北廊坊市人，大专学历。1981年廊坊师范学校毕业后回乡参加教学工作。2012年确诊为肺癌晚期。用钢铁般毅力与病魔抗争，矢志不渝，坚持不懈。住院治疗六十余次，肺癌基本痊愈。回味大半生在农工夹层中拼搏的经历，以自身经历为素材，挥泪写下《我是肺癌晚期患者》长篇自传体纪实小说，在"冬歌文苑"连载。偶有诗歌发表。

山间小屋

曾几何时
云雾弥漫遮挡住蓝天
山间小屋里的人
心跳加速呼吸困难

跌进湍流的河水
任凭波浪击打泥沙洗涮
冲掉污垢除去尘埃
奋力拼搏盼阳光再现

一次次淹没一次次拼杀
抓住岸边救命的稻草
竭尽全力拼死挣扎
只为期许的那一丝心愿

一双双大爱无疆的手
搭起救命的天桥
召唤着挣扎在河里的人快点上岸
尽快摆脱艰险与苦难

精疲力竭无力回天
舍命的念头几度浮现
是岸边拼命的呼喊
让他变得越发坚毅果敢

责任义务尚未尽完
珍惜属于亲人的生命
勇敢地爬上岸
祈盼钟表停滞河水枯干
了却那希望渺茫的梦愿

咬紧牙关砥砺向前
创造奇迹别无他选
一丝希望千滴血汗
乌云散尽定会斑斓呈现

功夫不负苦心人
风雨过后彩虹露脸
惊天地震撼泣鬼神闭眼
观音走来泳者上岸
终于回到山间的宅院

春风吹绿了山巅

小屋周围鲜花蔓延
枝头喜鹊诉说着欢快的语言
崎岖的山路早已变得平坦

蔚蓝的河面没有了波澜
山鹰在屋顶上空盘旋
哼唱着动听的歌曲
表白飞翔的乐感
屋旁开垦的菜园
彰显着生活多彩活力无边

门前张灯结彩喜事连连
摆脱世间的烦恼
活出意义活出精彩
山间的小屋里
承载着多彩的歌剧片段

一家六口的乐趣
映照在桃花盛开的山峦
生活总是简单
鸡鸭成群猪羊满圈

快活地快活着

无忧无虑自由自在
尽情享受儿孙绕膝的甘甜
体味人间欢乐阖家团圆

江湖侣

湖面微波荡漾
鸳鸯在远处嬉戏游逛
湖水流淌着说不完的话
渔船穿梭在远方收获惊喜
各忙各的互不相扰

阳光揉抚着堤岸苇草
影罩着一家六口的欢笑
生活总是很简单
鸡鸭成群猪羊满圈
守望着彼此的守望

江湖的伴侣
劳睡分工合理

尽心守护在孩子身旁

儿女依偎着双亲

呼喊着飞翔的孙辈儿

爱子之心提到嗓子眼儿

雏燕睁开双眼思忖着

报答父祖两代骨肉情缘

莫等子欲养而亲不待

飞鸣食寝展示家人的常态

画卷承载着所有的祈盼

写出诗意般完美答案

勇敢顽强地拼搏

做出惊人贡献是毕生所愿

——坐在郑克明老先生亲手送给的《江湖侣》画作前，回顾郑老先生生前的音容笑貌，展望未来顿生感慨，写下这首诗歌，留给子孙后代以示纪念。

曙光

晨曦偷偷溜进了房间
亲吻着我的脸颊
捋顺着我的轨迹抚摸着我的心坎
叨扰着我已然恢复元气的身躯
搅得我心神不宁思绪万千

四季轮回七个往返
经历太多太多的风雪严寒
开朗豁达楚楚的爱人
由潇潇洒洒变得凄凄惨惨
面黄肌瘦外加腿疼还有腰酸

蓦然回首往事如烟
如刀似剑插在胸前
令我心惊胆寒
生的希望是那么渺茫
你细心的呵护百般的夸赞
让我变得一次比一次更加勇敢

那比金子还贵的点滴琼液

腐蚀着大块大块的梯田
让茂盛的庄稼打蔫儿
死去活来地挣扎着
绝不能让鲜活的躯体发干
生的信念是阳光给予的温暖

功夫不负苦心人
饱含温情的叮咚泉水
雾化了千年冰山
泣鬼神流泪惊苍天睁眼
令大地汗颜

是你没日没夜的精心陪伴
画出一幅辉煌的盛卷
让遭受重创的雄鹰
承载起属于自己的重负
舒展开翅膀昂首飞向蔚蓝的天

你眼角上新添的一道道纹络
包含着浓浓的情深深的爱
镌刻着我丝丝缕缕
含泪待还的心愿

祈盼能歌善舞的玲珑倩女
找回自我早一天归还
有说有笑能唱能跳
再展歌喉再现优美的舞段

是你声嘶力竭的呼唤
召回了我的六魄三魂
回来陪你愉悦地迎接多彩的明天
不离不弃早晚相伴
天长地久地久天长开心快乐到永远

春天是思念的一盏灯

度过漫长的冬月盼望春天
春的美妙与思念相伴
熬过一天祈盼一年
炼狱中艰难爬行的人
渴求暖心的春天

举起一盏思念的灯

祈求亲人在眼前出现
那安慰的眼神
温情的话语赛过春天的温暖

春天是一盏灯
照亮我咬紧牙关
勇敢坚强砥砺向前
伴随着思念的脚步
迎接夏天酷暑与风雨的考验

春天是思念的一盏灯
点亮人生
摆脱泥泞与坎坷
向着光辉的岁月前行

春天是一盏灯
驱走寒冷与磨难
引领那些遇到险滩的船
撑起远行的帆
乘风破浪驶向灿烂光明的彼岸

晨光

时光荏苒
如白驹过隙
遥想当年
承受炼狱般磨难
血与火的洗礼
泪与苦涩搅拌
如鲠在咽
活下去的渴望
亲人的祈盼
成为唯一心愿
咬紧牙关砥砺向前
晨曦透过窗棂洒进房间
盼望看到朝霞满天
是人心无举
还是过于贪婪
活过一天盼一年
长命百岁赛神仙
苍天有眼
机会只留给那些
意志力坚如磐石的人

勇敢地活着

活出意义

活出色彩活出责任感

生命才绚丽灿烂

跌倒了爬起来

掸去尘埃挺直腰板

抖擞精神面对一个个考验

死太过简单

放弃生命

摆脱责任

逃避现实懦夫行为

勇敢地活着

克服艰难险阻

披荆斩棘

挑起属于自己的重担

才是大丈夫所选

告别白衣天使

摆脱肿瘤君纠缠

是患者与家属共同心愿

与癌共舞

未尝不是一个好的祈望

开开心心地活着

丢掉愁眉苦脸

去他的压力与负担

让我们荡起双桨

撑着温馨的小船

摇向灿烂光明的彼岸

擎起一片蓝天

为爱你和你爱的人挡风御寒

放飞

告别蜗居

展开翅膀收起双爪

健步飞上蓝天

楼群在后移

河川变成小溪

穿过林立的都市

飞跃广袤的绿地

翱翔在白云之间

接受风的亲吻
享受宇宙飞行的快感

一个俯冲滑下
来到鲜花盛开的桃园
捡捞着渴望已久的美食

这里青山绿水
远离烦恼远离嘈杂
品味着泉水的甘甜
游走在美轮美奂之间

远行

吸尽雾霾
厌烦了都市的喧嚣
来到美丽的村庄

天蓝水阔
大地黄绿交错

一片美色

一排排整齐的农家院
炊烟袅袅
展示"三农"政策带来的欢乐

农田里的人不停劳作
交流着各家的变化
哼唱丰收的颂歌

绿野书写着春的美色
池塘成群的鱼儿
追逐着梦想

枝头喜鹊
像远方的客人
诉说着满满的收获

无　闻　原名吴生金，福建省漳州市人。用锄头细心地挖
　　　　掘，精挑出合适的文字，串成诗语，兴趣所在，
　　　　不望成名，只为共享诗词，共勉诗友。

武夷山的山

云彩在上空徜徉
俯瞰
这一片美丽的净土
天游峰顶的游客
招手
羡慕着大王和玉女
无奈的老龟
只能闲置在那里
玉女和大王虽不能在一起
却
厮守着这片山水
从古老到现在到永远
相望　诉说

风
绕过这山到那山
轻拂着游客的脸
带着几分茶香
雨
在大山上刻下一道道年轮
那些大小不一的山洞

是武夷山
永远解不开的谜团

武夷山的水

那是大王
用欧冶子的利剑
辟开一条条河道
让野蛮的荒洪
循规蹈矩地自律

那是玉女的眼泪
是思念的泉水
是大王的汗水
融合的九曲河流

采聚天地的灵气
蕴含日月之精华
养育了武夷人
养育了这片灵山秀土
养育了传奇的大红袍

武夷山的茶

云雾对雨水的思念
雨水迷恋山峦的情谊
朱子的儒家思想播下的种子
在武夷山上长出神奇的茶树

是上天派来的使者
是缘分结识了武夷人
用感恩的回赠
将御赐的大红袍
披在武夷山上
纯朴的武夷人
用大红袍的茗香
引来多少茶的信徒
十八湾的溪水
泡出俱全的色、香、味
品析博大精深的武夷文化

庞桂燕　北京人。勤恳做事，坦诚为人，心存善念，感恩生活。愿意在平凡的日子里，用文字记录生活，感受平凡的幸福。

你还是我的那个小女孩

风吹过日历
那一年你三岁
爸爸妈妈躲在床单后面
手举玩具为你表演木偶戏

细雨飘过窗前
那一年你六岁
你拉着妈妈的手
蹚过了小水坑
伴着你咯咯的笑声
溅起了朵朵小水花

书包背在肩上
那一年你十岁
爸爸郑重地把公交卡交给你
目送着女儿
第一次独自走上公交车
如同一次远行

柳枝拂过肩头

那一年你十三岁
嗫嚅地说着最后一个儿童节
你接过芭比娃娃
满脸掩不住的惊喜和感谢

青春路的银杏叶啊绿了又黄
那一年你十六岁
你揽着我的肩膀
述说着你高中的第一篇作文
又是一年秋意浓

太阳升起又落下
这一天你十八岁
我陪你走过成人礼的红门
我家有女初长成

你——
却还是我的那个小女孩

清明的想念

路，走着走着就短了
日子，过着过着就没了
人，活着活着就老了……
秋来了，叶黄了
风起了，叶落了
四季轮回
春天花会开
树会绿
可是，树呀
再也等不到那片熟悉的叶了
徒留一树的思念和无奈

（一）遇见

也许是上天的安排
让你我遇见
那是一个暮秋的中午时分
我呱呱坠地
躺在你温暖的臂弯

你黑色的眼眸里

流淌着无尽的温柔
我小小的胸怀内
满盛着甜蜜的满足

我的眼里都是你
你的心里装着我

秋风过枫叶红
飞走了屋檐下的小燕子
飞不走的是你心中的小燕子
这也许就是上天的安排
注定了今生今世
你我母女的遇见

（二）相伴

前生的多少次回眸
能换得今生的相伴相守
从此以后
你的影子变成了我
你走到哪里
我都紧紧相随
我粘成了你甩不掉的小尾巴

灶台边
柴火映红了你的脸
烧暖了我的心
小河边
河水浸湿了你的手
干净了我的一双小脚丫

田头地边
微风斜柳
大手牵小手
一路相随
你看着我渐渐长高
我看着你暮暮垂老

（三）告别

春来了
雪花要和冬天告别
秋来了
小燕子要和北方告别
我长大了
要和你告别

十七岁的告别

是三十里的距离
我在读书
你在家乡
三十里的路啊
好长好长
隔不断我对你的想念和依恋

之后的告别
是不断延长的距离
和一次又一次的凝望
一辆又一辆班车
我在里头
你在外头

四十五岁的告别
是薄薄的黄土
和孤零零的坟茔一座
你在里头
我在外头

那无尽的思念啊
化作了青青垂柳
一树杏花

化作了这满城的春色
哪里有春色
哪里都有我不可说的思念

妈妈，我好想你

王玉晶　笔名冬雪，现居陕西西安，大学本科毕业，现为一名医生。热爱生活，热爱文学历史，闲暇也写诗词散文，有多篇作品发表于"冬歌文苑"及"西南作家"等网络平台。

一个故事一块珍宝

走着走着，就淡了，
两只紧握的手，松了；
走着走着，就散了，
两个相爱的人，分开了。

你悖理叛德，还来怨我……
说好的永远，原来只是这么远……

从此之后，
不委屈，不迁就，
不强求，不将就；
道法自然！

你丢了，
便会被别人捡了去，
视我为珍宝，
并感谢你未礼遇、不善待之恩！

永远

没有永葆年轻的青春，
没有总是炽热的友情、爱情，
没有长盛不衰的王权，
历朝历代，
即使伟人，英雄，天子亦无法例外。
大自然沧海桑田，社会轮流更替，
没有什么万古不变，永垂不朽。

历史长河奔流不息，人类区区百年身……
世间多少人，纠结爱恨情仇

多少皇帝梦寐求道法仙丹，求皇权永固！
殊不知，
人类自己编织了地老天荒的爱情故事禁锢了自己，
自己创造了长生不老的神话传说哄骗了自己！……

人生如梦，永远也只能是个梦！
何苦要痴求永远！……
此一时，蓦然清醒，独醒于世间，
彼一时，身陷熙熙攘攘，汹涌寻梦人潮中。

一声叹息！莫笑他人痴！
庄生为蝶？我为庄生？

邢　军　网名烟花，陕西宝鸡人，宝鸡市作家协会会员，现任宝鸡市住建局金台房管所党支部书记。先后在《宝鸡日报》《响水日报》《海外文摘》《情感文学》等刊物发表作品。有散文入选《四季恋歌》。

午夜的寂寞

走在午夜的街头
拉长的影子托起我的思念
夜空紫色的雾气
笼罩着屋檐林立的城市
我的寂寞已被季节染黄
随着片片枯叶飘落

红尘中我的目光太愚钝
分不清这个世界原始的纯与真
往事似柳絮飘飘洒洒浮现眼前
我耗尽如歌的岁月去守候
而你终于转身离去的背影
定格在记忆里那个血色黄昏

缘分的天空下起小雨
那是我的眼泪在滴
我们之间那些关于爱的誓言
被我焚烧在心灵的旷野
你不会看见我深藏于烈火后面
含泪的眸子渗透刺骨的怀念

深沉的雾气充斥着午夜的孤寂
起风了，我挺直了身子
任瑟瑟的风卷起衣角扑进我怀里
抬起手，撩开眼前慌乱的雨丝
如同挥别压在我心头
驱散不了的离愁

苏晓明　辽宁沈阳人，本科学历，理论杂志执行主编兼办公室主任。爱好写作，发表文章三百余篇，诗歌、散文、小说百余篇，采访手记十余篇。

那年雨季

暮春时节
你从南国归来
送我五枚圆润的雨花石
我想把它们
拼成不凋零的丁香
可是人说
找到六瓣丁香
才能找到爱情

雨花石流动小溪
告诉世界
它是个拒绝哭泣
时刻浸染梦境的雨季
我做着梦失眠了
仿佛所有的红雨伞
都该是那瓣
缺失的丁香

那天上午
你从雨中跑来告诉我

你没有打伞
你的头发和裙子
已被我的眼睛淋透
然后你就吻了我

原来那瓣丁香
就含在你的嘴里

梦的小憩

夜的脚步，忽快忽慢
没人知道它的阴谋
我困在这古堡里已经太久
赤着双脚跳芭蕾
不眠不休

来吧，握住这刀尖上的焰火
别让它在天亮前有半刻停留
时间是糨糊
海浪是岩浆

藤蔓是利剑
一片废墟——
海鸥飞进来
亲吻我的迷茫

太阳不肯升起
月亮不忍落下
秒针也摇摆不定
它们发出低低的呼唤
停下吧，孩子，你太累了
即便是梦
也有休憩的时候

云朵上的歌声

晚风吹拂着河边的垂柳
枝叶轻轻地摆动
十米之外的河面泛着银色的光影
不知是月儿还是霓虹
将柳树的一部分照亮

而没有照到的那部分
像云朵之上的歌声

两棵草叶的小影
在地面上静静地牵起了手
一抬头
我望见了满天的星星

苍穹深处的眼睛

你别把歌声放上屋顶
它会偷走那弯上弦月的梦
河水笑开之前
快将萤火虫的红舞鞋藏进草丛

不要引来夏夜的风追逐着
亲吻你的每一根神经
不管是新月还是夏夜的风
来自苍穹深处的那双眼睛
冰与火的两种眸光

皆是白天鹅刚长出的翅膀

你要新月也要夏夜的风
更想要苍穹深处的眼睛

张　坤　笔名紫辰，陕西岐山人，硕士研究生学历。"强
军网"文学频道编辑，在《强军文学》《人民海
军报》《青州通讯》"橄榄绿""海疆文苑"等
媒体发表作品数十篇。

青春

青春是握在手里的细沙
在不知不觉中漏去
青春是天上的一颗流星
虽美丽却瞬间逝去
文人骚客的青春是一幅画卷
诗情而画意
哲人的青春是一部经典
深邃而耐人寻味
青春是人走向成熟的那一段序曲
青涩却令人回味无穷
青春如东升的旭日
将光芒和希望播撒
青春因绽放而美丽
青春因短暂而珍贵
没有不老的青春
只有不老的记忆

胡建国 福建惠安人，现就职于厦门市某行政机关，军旅生涯二十载。习作散见于"冬歌文苑""思与远方""水兵文学""新时代文学""军旅原创文学"等平台。工作调研征文获过市级奖。

《四季恋歌》歌再恋

素雅的装帧

丰厚的文笺

含苞的花蕾

引来蝴蝶蹁跹

捧起沉甸甸，放下轻盈盈

打开尽是墨香

扉页红色跳跃

养眼，润心

合上早已把心夹在里面

呕心的不仅仅是热血

还有喜悦热泪

多少不眠的星辰

一支烟，一杯水

满眼四季，诗意尽在远方

爱好不是金钱、红颜

把精神衬托得丰富饱满

朦胧中依稀有军人的身影闪现

业在军营，志在四方

路在脚下

老家龙眼树

百多年的龙眼树
是祖父颀长的身姿
挂果的时候我回来了
犹闻花开的飘香
还有蝉鸣鸟叫耳熟能详

枝干上褶皱依旧粗糙
百年风吹雨打黄昏铁色
乃如您手上的老茧脸上的斑
在儿孙的记忆里
是苦难的日子晴朗的天

繁树的果实压弯了我稚细的腰
何以承重，怎以裁剪
只要沐浴阳光雨露
我必须坚强　挺拔
有您屹立在我心中
前人栽树　后人乘凉

您与井冈翠竹同在
——吊邹昌煊战友同学

秋凉的暑气仍是那样的燥热难忍
晚上，一条微信撞击了我的心房
心在颤抖
电话那头，您的侄女低沉地告诉我
您已远去
不！我不相信您已走远，已走远

任凭泪水滚落，我止不住悲伤
井冈山的翠竹是那么挺拔葱茏
您就这样舍得割去，挥手一别
来不及一声告辞，再道珍重
永别青山绿水，诀别老师同学

难忘怀，2013井冈山之行
您以老区人民最隆重的礼节
将战友紧紧拥抱
让我醉倒在您的一片盛情中
醉倒在战友们的深情厚谊里
青山无语，绿水淌泪

回眸远眺，您敦厚朴实的身姿
永远定格在我颤抖的心海里

致敬恩师

在书声琅琅的教室里
三尺讲台　耳提面命
洁白的笔粉几度把您的青丝染霜
寒冬酷暑　无畏冷热
心中擎起的责任教鞭飞扬
蜡炬成灰　泪未干　花含苞

在青春翠绿的军营方阵中
把您的谆谆教诲镶嵌进帽徽肩章领花上
打进压实在行军作战的背囊里
爬冰卧雪　流血淌汗算什么
脱皮掉肉无怨当年别校时的慷慨秋风
只为青春点缀一道绿色的风景
别致于人来人往的花花世界

在风吹雨打的人生路上

泥泞天黑　荆棘遍布

知识海洋遨游后登岸小憩

海水蔚蓝　青山满目　道路逶迤

您灌输的信仰让我愈久弥坚

踉跄一绊　爬起回首一望

您还在远方深情地对我招手

催我策马扬鞭　风雨无阻

王德才　笔名太极，生于黑龙江省哈尔滨依兰古城，计算机软件与理论专业硕士。喜爱中国传统文化。休闲时喜欢读书，写些诗歌、随感，在"冬歌文苑"平台发表过多篇诗歌，参加"世界作家园林"征文比赛，有诗词收录于《世界诗歌作家文集》。

端午清晨词

路漫漫其修远兮，吾将上下而求索。
端午前，夜难眠，似与屈子遥相见。
晨虽醒，梦依然，青阳河边，难得云里晨阳一现。
方知求索之路苦问青天，青天亦无言。
叹屈原，赞屈原，恨屈原，千年已过，
繁华尽染，独立桥头，空忘水悠然。

秋风寄乡愁

夏日炎炎，转瞬却成秋
愿与秋风寄乡愁，却只把落叶收
乡愁难寄，苍天似无由
一缕幽怨上心头
只叹道，天凉好个秋
落叶萧萧下，秋风不寄
明月上高楼

赵建平　山东莒县人，转业军人，现供职于河北省审计厅。全军政工网优秀责任编辑，荣立个人二等功、三等功各一次。在《党建》《军事记者》《解放军报》《人民陆军》《战友报》和全军政工网以及"冬歌文苑"平台发表文章八百余篇，多次获全国全军征文奖。

我的苏东坡

我穿越时空的浩浩长河
发现你是最激越的浪花一朵
在黄州　在岭南　在杭州　在乡野月夜
你的诗词惊艳了我的精神世界
那长长短短的平平仄仄啊
似秋雨滴答在心上　又如春风抚摸
我面前　惊涛拍岸　卷起千堆雪
我感叹　江山如画　一时多少豪杰
我羡慕那擎苍牵黄射天狼的豪放
我沉湎那多情总被无情恼的婉约
不得不说　你的智慧才情熏染了我
哦　你是我膜拜的先师啊　苏东坡

我仰望浩渺的宇宙星汉
发现你是最皎洁的一轮明月
明月几时有　怎奈月有阴晴圆缺
但愿人长久　只是还有悲欢离合
我善待爱人如同你深爱王弗
我牵挂兄弟如同你思念苏辙
千里婵娟　照我梦境深处故人故国

命运多舛　功名利禄换做竹杖芒鞋
飞鸿踏雪泥　你问人生到处之何似
沧海寄余生　不过是一樽还酹江月
你内心柔软的性情善念影响了我
哦　你是我追寻的偶像啊　苏东坡

我尽数历代的圣贤与先哲
发现你是最无瑕的完人一个
你既是文人墨客又是侠之大者
你的血液融通了儒教道法佛学
乌台诗案能如何　流放岁月又如何
你的初心　江上清风　山间明月懂得
闲来与弥勒调侃　文朋酒友相约
该对酒就对酒　该放歌就放歌
我仰望你也无风雨也无晴的旷达
还有一蓑烟雨任平生的洒脱
是你的超越凡尘俗世浸润了我
哦　你是我效仿的楷模啊　苏东坡

我翻阅历史深处那泛黄的史册
发现你是最闪光的经典一页
为文行云流水　诗文成就千古不灭
为官悲天悯人　勇于担当为民喉舌

居庙堂之高你胸怀社稷纵横捭阖
处江湖之远你心系黎民耕耘稼穑
你劝课农桑的佳话留在田间阡陌
美丽西湖还有千年不朽堤坝一座
一生恪守原则　何时都会心安理得
那无愧良心的政德啊　百姓都认可
你的直言坦率情系家国温暖了我
哦　你是我不变的信仰啊　苏东坡

张国新　毕业于首都师范大学汉语言文学专业，如一簇淡绿色
的青苔，从教二十多年，从北京最偏远的山区几经辗
转，用那一抹淡淡的绿色，装点着整个春夏秋冬。
"苔花如米小，也学牡丹开。"其为一名简单的
教师，简单得只是想让每一颗年轻的种子都能鲜
花盛开，或早或晚。

亲情树

父亲　是粗粗的树根
把长长的胡须扎进脚下的土地
用力地吮吸
在每个可能的缝隙　留下拼搏的印痕

母亲　是坚实的树干
无时无刻不在输送着营养
光滑的表皮　由光滑到粗糙
枝头的嫩叶却在不断成长

根须越伸越远
表皮也逐渐失去光芒
枝枝杈杈的绿呦
却变换着不同的模样

春来
一树的绯红或金黄
抑或是白雪的模样
铺天盖地地装点着　田野和山岗

盛夏
枝繁叶茂亭亭如盖
各种形状和颜色的果实
藏在浓荫里捉迷藏
金秋如约而至
山岭和田间地头
到处溢彩流光
那是成熟的味道在大自然流淌

挺直的树干呦
增添了又一道年轮
有力的根须呦
再不是年轻时的模样

被我们挥霍了芳华的父母
是我们永远的依傍

栗　梅　美术教师，徐州市美术家协会会员，喜欢尝试中
西结合的各种画风，散文集《四季恋歌》插画作
者。原创作品曾多次发表在《党风廉政漫画优秀
作品集》《中国大唐报》"思与远方""冬歌文
苑"等各种刊物及公众号。

喵的世界谁懂？

夜半人酣梦
特立我独行
审视渐渐安静的世界
穿透迷茫的夜色
闪亮火眼金睛

喵的世界谁懂
并非乐于饱睡取宠
并非奢求衣食无忧
诗和远方也是山林阔野

喵的世界谁懂
曾经的骄傲
不是征服鼠辈
不是虎前称师
而在自己的天地活出美丽

时光温暖了岁月
衰老了容颜
漫步人生路

无心与酷烈争锋
一花一叶的世界里留下从容

秋露凝重

立冬预冷
秋叶飘零失去原本的色彩
片片散落入泥护花
风起发现斑斓隐匿的你

追忆如春天的小草
滋长着思念的繁茂
思想如奔跑的骏马
徜徉天涯问伊人可好

累累的秋
凝练着深沉的爱
谁触碰了硕果
又欲摘离开

永远无法习惯失去
既然独一无二
怎可转身离开
秋露打湿我凝重的期待

占富强　江西省余干县人。平时热爱文学，喜欢写小说诗歌自娱，今已不惑之年，文学不曾有所成就，只是兴趣爱好。

蓼子花

不要刻意寻找我的踪迹
或许隐藏在湖底深处
或许在你脚下的田间地头
不要刻意查阅历史文载
唐诗宋词晋文章
没有过我的赞美
历史文人骚客
不曾为我惜墨挥毫
蓼子花
生命力顽强的野花

不是春天
百花争艳
不是牡丹
花开富贵
不是玫瑰
花开爱情
不是红梅
花开傲骨
蓼子花

花开寂寞

生命无期，花有期
你来吗，为我而来
最后的秋天
河流已将干枯
大地也将荒芜
你来吧，为短暂的花期
蓝天白云下
河流围绕着的滩涂，沙滩
美丽的鄱阳湖，候鸟的天堂
蓼子花开，花开如海
花海无涯

为什么我们的爱走不完四季

春天写好的剧本
有你也有我
你说陪我
演绎一生的传奇

风迎夏雨
绿荷撑长成
一把伞
莲花睡进了梦乡

镰刀背叛青稞
收割四野蝗灾
夜莺啼落
一林相思的枫叶

如果雪来了
我是那朵洇红你的梅花
再冷也相信
明天就是爱的春天

隐伤

在没有风雨的日子
我们相遇了

已经错过了春夏
错过了花季
不想再错过
有星星有月亮的夜晚
你却对我说
已经错过了今生的缘

我的双脚已经站在
远渡重洋的船上
只因还未拉着你的手
所以未扬起风帆
我愿把时光等到老
等你说"我爱你"

我带着你乘风破浪
一起远航
共赴彼岸
我用最好的年华
陪你共赏花好月圆
一生相守
就像秋风冬雨中
一棵梧桐　与你
一起落叶
一起枯朽

子 儒　原名牛州成，河南省淮阳县人，生于20世纪70年代，从军二十多年，陆军上校，现退役。中国摄影家协会会员，军旅大半从事新闻报道、影视宣传工作。在军内外报刊等媒体发表诗歌、散文、影视评论、新闻类文章、图片近千篇，并有多篇征文、摄影作品获全国全军征文大奖。散文作品入选《军旅青春别样红》等文学书籍。著有影评集《荧屏牧歌》。

军旅记忆

多少次梦回行伍
踩着青春的芳华
伴着一二一的旋律
融入排山倒海的番号

多少次梦回靶场
随着卧倒的片片迷彩
端正人生的坐标
瞄准生命的靶子
义无反顾地击发、击发！

多少次梦回训练场
五百米障碍
又一次跨越浓缩的战斗前沿
单、双杠
把强健的身体撑起
行云流水般的动作
时刻在锻造坚韧

多少次梦回越野地

十公里的全副武装
早已用汗水超越了梦想
神圣的使命担当
在心中燃起烈火
伴着磨砺愈烧愈旺

梦醒了才知已卸下戎装
驰骋疆场的情感没歇
年少忠贞的雄心已酬
每一个细胞都灌注着无怨无悔
带着熔炉炼铸的强刚
潇洒转身另一沙场

莲心

莲花开了
花香氤氲
沁染着整个娑婆

荷花开了

暇满人生
十方遍布你的微笑

哪种花
净的譬喻
不生不灭

哪种花
愈污它愈开花
不垢不净

哪种花
花果同期
不增不减

你的红尘
终归化为一叶扁舟
轻轻漂泊
也要　荡涤凡心

临江仙

尽观冬歌文苑言
座中皆是纷英
七嘴八舌论心声
网络疏影里
畅谈到天明
昔日戎马成一梦
此身虽在堪惊
闲登小阁眺新作
古今多少事
执笔起三更

吴秀明　笔名子非鱼也，本科中文系毕业。福建省中学高级教师，云霄县作协会员，"中乡美"平台和《中国乡村》杂志散文审编室主编，"冬歌文苑"平台执行主编。作品散见于各级报刊及网络平台。

我们的节日
——致27周年结婚纪念日

　　浪漫的法国人把结婚第27周年叫桃花心木婚。桃心木具有质地坚硬、干缩性小的特点，木纹非常漂亮，而且越久光泽越美。因此桃心木婚意味着美丽、漂亮、耐磨、抗逆、尊贵。

又到5月18日
一个专属于我们的日子
二十七年前的今天
我们用月老的红丝线
把她虔诚地带进那本
大红的证书里
从此，她就成了我们
共同的节日

回忆穿越时空
青春岁月恍如昨
但见光阴隧道两过客
任易逝的韶华
慢慢流进琐碎的生活

凝成浓浓的亲情
用喜怒哀乐
铺垫人生风景
以平和的心态
阅览人生景致

岁月煮雨
光阴入茶
没有浪漫的玫瑰与摇曳的烛光
你只凭厚实的臂膀与胸膛
把甜言蜜语融入柴米油盐
把山盟海誓变成执着坚守
把生活过成一首首的韵律诗
朗朗上口回味无穷……

一步一步的路
一点一滴的情
植起我们的桃心木
愈久弥坚
如今我们深知
繁华喧嚣已成过眼烟云
唯有珍惜所拥有的
生命才会风轻云淡

又到5月18日
感恩修得共枕眠
唯愿与君长相连
春华与秋韵齐飞
书香共胜景一色
平淡中相守
简单中拥有
执子之手共斜阳
与尔偕老不相离

归去魂兮

我是屈子兮
我来自楚国

那是2296年前的事了
那一年，秦将白起挥兵南下
我悲愤交加兮
想想之前为了改革政治

却屡遭陷害直至被流放
我的心已冰冷至极

那一天，白起攻破郢都
我心中的最后一根稻草
"哔剥"一声直接被压断
我老泪横流兮
我绝望至极
我决定把62年的生命交付给
身边的汨罗江水……

可是，我是贵族
我是力图国富民强的楚国贵族兮
我不能草率地拥抱那深情的江水
我要佩着长长的宝剑
戴着高高的帽子
还有我的香草美人

我写下《怀沙》绝笔
我一路吟诵《离骚》
昂首阔步兮
朝着江边缓缓走去……

那天，正是五月初五
我伫立江边好久 好久
回望身后的路途
一片渺茫
头顶的天空暗沉阴郁
如同跟前的江水一样兮

我怀抱大石
坦然走入江水深处……

我的灵魂很快飞浮在
汨罗江的上空
注视着自己身体慢慢沉至江底
周边越聚越多的鱼虾水藻
不断地亲吻屈子之身
甚而翩翩起舞兮

我看到江面出现很多龙舟
龙舟上有很多男人和女人
他们划动船桨敲锣打鼓
把手中的食物
不断抛向江面兮……

我知道
这是楚地百姓精心包制的粽子
他们担心江中水物吃掉我的身体
便包了粽子抛给它们吃
还敲锣击鼓来吓唬它们

岂不知兮
虽为水物，它们
却比靳尚更忠直友善
却比两王更清明仁慈
它们一直在江底护着我的身体
一年又一年
一代又一代……

直到69年前
一个叫天安门的地方
响起了开国大典的礼炮声
后来，改革开放的号角吹遍
神州大地
反腐倡廉的脚步阵阵传来……

灵动的汨罗江水物兮
赶紧唤醒沉睡多年的屈子之躯

让久久游荡在荆楚上空的
屈子之魂
重新归附于自己的身体
共同迎接国泰民安的开明盛世

端午时节，中华大地
锣鼓声声，各家龙舟你追我赶
笑语盈盈，男女老少欢声朗言
我宏愿已现兮
我将归去魂兮
魂归我的荆楚大地……

我想去西藏

站着就能摸到天
和佛祖对话，云一样飘
随手转一转佛塔
自有十里清风

把自己和哈达

一起挂在布达拉宫的胸前
让前世的乡愁
在僧人的红袍下静穆

喝一口青稞酒的香醇
心就有辽阔的理由
落笔岁月，喧嚣安静
且把故乡在这安放
不必追问归宿
一朵雪莲
早已为我留一世清白

掌纹

手心里流淌的河水
有沟壑纵横
也有万顷碧波
那是母亲绘制的版图

思念勾画的版图

标注着许多个地方
最后汇成一片海

我攥紧拳头
揪住手心里的河水
和它一起
穿越艰辛与甘甜
一起，向四方流淌

白锦刚　甘肃榆中人，现居西宁。从戎二十三载，退役后就职于青海一知名文化产业二十春秋，长期从事政工和党务工作。青海诗词学会会员。喜爱文字，偏好诗歌，近百篇习作散见于网络公众号"冬歌文苑""西部放歌文学社""青藏线老兵之家"。

格尔木，我的第二故乡

格尔木
高高的地方
有我最深的怀想

那里有我住过的第一顶帐房
住着我最初的梦想
盐巴筑的篮球场
飞扬我最甜的青春

军歌嘹亮过后
懂得了战友的内涵
再深的夜巡逻我不孤单
再冷的日子
总有最暖的胸怀
我喜欢迎接新兵的欢畅
却不敢直视老兵走时的双眼

营房随我们一起移动
青藏线固定着生活
帐篷围成的方阵

是我们的操场
四面灌风的简陋礼堂
汇集着全团的力量
掌声嘹亮歌声嘹亮青春嘹亮
最艰苦的环境
一定有军人最强大的气场

格尔木
我从懵懂走向成熟
戈壁红柳记着我年轻的模样
二十三载的雕刻
让我和我的战友一生怒放

三哥盖楼

四面环山名叫沿川湖的地方
是我的家乡
那里有刘伯温斩龙脉的传说
陇右第一名山兴隆山屹立于西北
土地是农人的命根子

靠天恩惠土里刨食是祖辈隐隐的痛
掘井饮用
民风祥和

三哥是个老中医
大半辈子过着半医半农的生活
农忙时下地闲暇时望闻问切
集体时日子虽能过
却总是为生计苦熬着
联产到户后温饱的解决
开始在小康路上奔波

三哥是个要强的人
也是个能吃苦会过日子的人
以前依天吃饭
如今靠政策收获
农田变蔬菜区后
忙时也起鸡叫睡半夜
三哥总是笑呵呵
有点积蓄后
不甘落后在基建上忙活
勤俭持家为本
靠双手积财积德

三哥是党员初中肄业
年届七十乐观面对一切
常于邻里谈天说地
有时还能问诊送药
百姓盼的是风调雨顺
祈愿日子越过越红火

三哥原有土木房几间
后盖砖瓦房为居
三年前建起两层楼
算是村里有前瞻性的杰作
即使三百平米一半空着
图的就是宽敞明亮心里乐和

爱在路上
——沈集义工之歌

义工
志愿者

团中央1993年命名

定义：不为物质报酬，基于良知、信念、责任，为他人提供服务和帮助

行动口号：爱心献社会，真诚暖人心

联合国确定12月5日为世界义工日，也是义工们的节日

沈集义工

志愿者群体中的一员

父女同行，兄弟并肩

大爱在心中燃烧

红马甲在爱的路上延伸

你们出发了

在黎明的晨曦中

带着捐给抗战老兵的衣粮

将温暖送上

化解孤独，笑迎初升的太阳

你们出发了

在骄阳的炙烤中

带着残疾人器械

重新点燃

一个个残友自食其力的希望

你们出发了
在雨季的泥泞中
带着理发工具、饺子馅到敬老院
关爱的暖流
瞬间灿烂了老人的心房

你们出发了
在假日团聚的时刻
带着童话故事、玩具、文艺节目
情系六名孤儿
激励孩子，放飞快乐成长的梦想

你们出发了
在傍晚的余晖下
带着衣物带着粮油带着爱心
走访贫困家庭
坚定乡亲脱贫致富的志向

你们就是这样一群人
基于道义不计报酬甘于奉献
只有一次次地出发
少有花前月下

只有残友孤儿敬老院贫困之家

少有自己的家自己的娃自己的爹妈

你们，不是不孝

而是心中有大爱，人生有目标

你们，正是有理想有担当的中国特色社会主义建设者

你们，正是雷锋精神的化身

你们，正是"郭明义爱心团队""阳光下义队"

　　"内江市义工联"在沙洋的呈现

你们——沈集义工，个个都向丛飞王金云袁子弹阳文

　　锋等知名义工那样

赠人玫瑰、手有余香

不懈传播文明、高扬理想

燃烧激情，磅礴青春的力量

当桃花盛开时，你们送去春天的希望

当荷花荡漾时，你们送去消夏的清凉

当金菊怒放时，你们送去丰收的祝福

当红梅傲雪时，你们送去御寒的衣裳

你们是永不停摆的时针，永远行走在时间的轨道上

你们用良知，为实现中国梦有一分热发一分光

你们用信念，让每个弱者面对阳光自信坚强

你们用责任，使人间充满爱的奉献

你们用服务，送去春风送去夏凉送去欢乐送去暖阳

啊

情在涌动

爱在路上

帮助他人

快乐自己

背负国家前途，民族希望

就是沈集义工群体的雕像

——沈集义工即湖北荆门市沙洋县义工联沈集镇义工服务队。

2019新年的钟声敲响时，沈集义工陈军同志委托作者为他所在的义工服务队写首诗。陈军是笔者老班长之子。笔者对陈军的义工爱心行动常有鼓励点赞，更为陈军带着上大学的女儿同做义工的善举所感动，遂义不容辞创作了这首诗。因限于水平，不能充分颂扬义工之大义，权作一份心意献给沈集义工。

月老

新年伊始
成就了一桩美满姻缘

他在西　她在东
他是军官
驻守在青藏线
她是天使
在省城践行南丁格尔誓言
相隔千里
素昧平生
一线牵出两情相悦，执手永远

媒妁期间
有迂回
有穿插
有直达制高点
婚缘的旅程
风雨过后是甘甜

礼成那天

谢月老，酒斝满
话在酒中，四六杯，成久远
家的细胞又添了新成员
互不相识的两家结成一条线
玩笑说：月老是吃两家的裁判
还需奉上跑路的新鞋，盛情一片
只祝愿：
军功章有她的一半
呵护生命的行程有他的浪漫

幸福，美满
永久的祈盼
月老，红娘
牵出朵朵灿烂

鹰

击向长空的力量
似剑似箭
傲视万物的目光

令对手胆寒

习惯了搏击　自由
却遇雷鸣电闪
负伤的翅膀
怎能翱翔万里蓝天

挺住
自救
寻找康复的源泉
歇脚蓄力
自信越海过山
前方便是晴空无限

等待虽痛苦
希望是战胜痛苦的信念
清风　日丽　体健
奇迹仍是击向长空的那支箭
天空才是你自由搏击的家园

西宁第一场大雪

你来了
不曾告诉我
昨夜银装了花朵
今晨素裹了原野

你来了
还带有暮秋的歌
西风飕飕落叶婆娑
缤纷了我的心窝

你来了
打破了秋的寂寞
地上的金色里有你亮亮的河
丰盈了我的生活

你来了
捎来高冷的冬
也有深藏的果
春还远吗

你来了
海与荒漠更近
青海不再遥远
你飞舞的天空里有我

你来了
漫天皆白
虽非燕山雪花大如席
却是茫茫一片滋润了世界

那一年那一天那一刻
——致贺原后字286/289部队湖北老战友参军50周年

岁月可以让我们老去
但心底的那一年那一天却总是年轻
一九六九年四月一日
我们在山西原平集结，做一个真正的军人
列队，报数，一二三四
整齐绿军装接受检阅
等待光荣绽放的那一刻

"傅小兵"

"到"

"接受帽徽领章"

"是"

第一次佩戴上红帽徽红领章

第一次以正式军人的身份向首长　同志们

敬礼！

那一刻

激动与喜悦写在脸上

幸福荡漾心头

挺直的双腿微颤

含泪的双眸凝重

歌声口号声响彻云端

"三片红"的青春

让人一生红透

帽徽领章作证

生命史册的军人二字

让我们懂得

头顶上是国家安危

两肩挂的是人民的嘱托

手中的钢枪，只为保卫我的国家

那一天
祝福的话语飞满营房
一个真正的兵
一个保家卫国的好儿郎
急不可待地定格军装像
同时
把心中的喜悦装满信囊
寄给远方的爹娘
从军的路上虽看不见
娘炕头的灯光
但娘看到了儿穿军装的模样
暖流涌满眼眶
分享既是思念更是期望

那一刻
真切感到了使命的神圣
军人的忠诚　责任　担当
熔入了帽徽领章
熔入了血液生命
从此
坚毅　勇敢　伴随着军旅启航
奉献　牺牲　就是一个个命令一次次奔向战场
因为

我是一个兵
一个最可爱群体的缩影

那天后
敬礼
是上下级、战友间
最崇高的礼仪
最庄重的誓言
凝结的战友情
是过命的兄弟
是"一颗红星头上戴，革命红旗挂两边"的壮志凌云
是"你退后，我先上"的无私无畏
是"你的爹娘就是我的爹娘"的滴血承诺
是五十年后仍能相拥而泣的暖心场面
是"见面一拳、举杯喝干"的豪迈再显
更是七十古稀春满人间的心灵呼唤

苦过、累过、孤独过、寂寞过
但有红领章红帽徽的陪伴
更多的则是快乐和无憾
生命中有了当兵的历史
一辈子都感怀
曾经的时尚

曾经的荣光
曾经的灿烂

在歌声里成长

在《东方红》太阳升的地方
《让我们荡起双桨》
唱响《下定决心》
仰望《五星红旗迎风飘扬》
又在《红星歌》的激励下
《好好学习天天向上》
也曾驾着《三套车》
梦游于《莫斯科郊外的晚上》
当将《一分钱》《小小螺丝帽》交到警察叔叔手里的
时候
尤记《社会主义好》
《天大地大没有党的恩情大》
《我们的生活充满阳光》

曾以《临行喝妈一碗酒》的豪迈

《像雷锋那样》的热情
哼着《大海航行靠舵手》
《扛起革命枪》
成为《西部好儿郎》
忠诚于《毛主席的战士最听党的话》
感召于《团结就是力量》
《百炼成钢》
当《军港之夜》的波涛汹涌时
年轻的战士《在希望的田野上》翱翔
当《我的中国心》荡漾时
紫荆花莲花怒放了《七子之歌》
还有《外婆的澎湖湾》
企盼《回归》的时刻

在《少年壮志不言愁》的时光
我们在边关栽下《小白杨》
自信《我是一个兵》坚守在《天路》上
《青藏高原》野茫茫
《打靶归来》累够呛
那时《说句心里话》我也想家
《我的老班长》陪我把话拉
《康定情歌》里放飞心花
当到《十五的月亮》圆时

只能《鸿雁》传书
《望星空》期待国家富强
祝愿《父亲》《母亲》健康寿长

清晨，站在《大美青海》的山岗
聆听《春天的故事》
于是《好日子》里觅《知音》
"冬歌文苑"《懂你》
如今《北国之春》已来临
《涛声依旧》初心不改
《把根留住》使命犹在
牵手《在那遥远的地方》
献上《五十六个民族五十六朵花》
《再唱山歌给党听》
阔步《走进新时代》

赵晓芳　笔名琅琅，北京人。工作之余喜欢读古诗、阅名著、听音乐，爱好旅行、交友、品茗。现任北京某公司高管，并经营自己的公司。

相依

像树一样

相依

是这世上最美丽的风景

你有你的钢筋铁骨

我有我的枝繁叶茂

春天我们凝视微笑

用鹅黄与新绿

相互赞美

夏日我们对饮沉醉

用浓绿

迎接烈日风雨的洗礼

秋风里我们深情相拥

金黄火红

是爱的甜言蜜语

像树一样

相依

是人间最生动的诗篇

你有你的精彩段落

我有我的华美乐章

即使
只剩下冬天衰败的枯枝
站在寒风中
也含情脉脉
因为有你有我
有无数
可以一起虚度的
好光阴

从前的味道

从前的生活
是清冽的白开水
是老牛拉着慢车，踱步夕阳
是书信，给白开水里添了勺糖
是书信，把长长的期盼，魔幻般缩短

拆开信封，像掀开蒸锅盖
笔画写成的字，字句串成的话
像热气腾腾的白米饭

香甜，泛着光亮

后来，进入数字信息时代
笔记本，手机，微信，朋友圈
取代了古老的书信来往
生活是可乐，咖啡，鲜果汁
白开水正被渐渐遗忘
我们尽享春天里所有的缤纷
精彩和诱惑接踵而至
纯粹的白米饭销声匿迹
鸡蛋炒饭，扬州炒饭，酱油炒饭
纷至沓来
蛋香，酱香，蔬菜香，火腿香
香气四溢
而我总觉得味蕾变得麻木

今天
还有谁和我一样
在这样一个喧嚣的夜
静静地，傻傻地，思念着
从前的味道

白开水的清冽，稻米的醇香

在眼前，久久地
徘徊，萦绕……

蔡泗明　1975年9月出生，福建云霄人，毕业于闽南师范大学政教专业。中国散文学会会员，福建省民间文艺家协会会员，漳州市作家协会会员，"冬歌文苑"副主编，散文集《四季恋歌》副主编。

爱情诗组诗九首

水与月儿

水与月儿
是我和你
有时，你离我很近
哦！不是的
是映入我的胸怀
荡漾在我心里
然后
融为一体

水与月儿
是我和你
其实，你离得我很远
哦！不是的
是根本遥不可及
你悬于高处
我在仰望……

是你，给我活力
听到你的召唤
我如野马奔腾
钱塘潮不朽的诗篇
是我飘飞的思绪
不是吗
没有你月儿
何来我之潮汐

每月一次
我会看到
你特别灿烂的笑容
我看不见吴刚伐桂
我看见的
浅墨处，是你的酒窝
透亮处，是你的明眸
这时候
我的心涌动得最厉害
心潮澎湃

有时候
你却要被遮去大半张脸儿
每当这时候

我好像安静一些
其实
我在忐忑，我在忧郁
我不知道
是该责怪地球还是太阳

琴之思

如果
你是一张琴儿
我宁做蔡邕手上那段
从烈火中急忙抢出的梧桐木
纵然
以身试火
也要成就你最好的质地
让你弹奏出最美妙的音符

如果
你是一张琴儿
我愿学诸葛孔明

让你伴我左右
伴我躬耕田野
伴我束发读诗书
伴我游历山水
伴我卧龙久沉吟
或与猿鹤共舞鸣
或退司马十万兵

如果
你是一张琴儿
我愿学东坡居士
谪居异乡不丧志
扣弦而歌
精神突围
再著"赤壁三篇"耀光辉

如果
你是一张琴儿
我愿为再世俞伯牙
轻轻抚你
化出一曲曲高山流水
引来鸾凤和鸣

芝兰之约

你把你的容颜和芳香
藏在大山的最深处

在孔圣人的书中
我读懂你典雅的蕙质
荀卿半文半白留下
"好我芳若芝兰"

寻着你的气息
我终于找到了你
从此
我的瞳孔里留下你的馨香
我的心房是你根系伸展的地方

回到庭院
深夜不敢入眠
只要一闭眼
你便从远处飘来

夕阳前的你

你说你曾跋涉于沙漠
我能想到的是
大漠孤烟和
一汪绿洲

你说你有一双翅膀
我知道你有
壮实的羽翮和
纵越天涯的力量

你说鹰是自己的图腾
我看到你装着鹰的高度和
羔羊的善良
注定了幸福的高度

直到
那一天傍晚
我恍然于夕阳的余晖
成了你相框里的陪衬

午夜之恋

午夜，打不到车
她说咱们散步走回去吧
我窃喜
可以有三里的甜蜜

手悄悄地牵到一起
正好摸到彼此的心跳，温度
从城东头到城西头

她低着头看自己的脚
我歪着头看她
语言把脚步拖得很慢
慢得只想让时光停下来

看海

我住在离海很近的地方
她离海还要远些

却说要带我去看海

海是秋天的样子
我看得出
她却说面朝大海春暖花开
海面上全是她春天般的笑容

沙滩上有两行脚印
靠得很近，像春花秋月
我们成了别人眼里的风景

"你为什么带我来看海？"
她说喜欢看我看海的样子
"样子好看吗？"
她说穿过我看海的目光
她才看到了真正广博的大海

背影

她，总是那么美
我喜欢直直地看她

看她的笑看她的怒看她的矫情
看她穿旗袍的韵味

她转身离去的背影更美
我喜欢这样的呈现
修长的身材剪刻在我的心里
走得越远，就刻得越深
我能看懂
线条里的忧伤和
彩色里的欢乐
还有，画外音的旁白

她没有刻意地把背影留下
背影，却总在
我的视线里回放
白天是白天的样子
晚上是晚上的样子

你来秋深

你来了
踏着深秋金黄的饱满
穿过三月烟花六月蝉声
赴一场丰收盛宴

红的苹果紫的葡萄
还有橘子梨子和柿子
你闭上水果的双眼呼吸
醉人的深秋

芦花飘扬金桂飘香
红叶湿软气息
你躺阳光的晴朗里像云

泉水不再喧闹
水光闪动你浅浅的吟唱
落叶和蝴蝶一起飞过

我在深秋的缤纷里寻找你
色彩很浓

不经意间有些狂放
但不凌乱

余生有你

我把最暖的温度
撒在你平静的湖面
风中的依依不舍
随垂柳摆动

我的背影
可是你眼里的风景
你不说话
像一池湖水
倒映我夕阳下的剪影

所有言语已随太阳落山
我只在码头等你
你该是怎样的小船
可否渡我今生

船场荔枝岭古道颂

一条古道
从传说中走来
又从历史中走远
当人们把枯草和落叶拨开
路上已布满青苔
还有断断续续的岁月

沿着先人的古道
人们聆听到自己与山那边
连着的亲情
在来来往往的吆喝声中

山上那株古荔枝树，是先人种下的春秋
数数已是四百七十一

也许是为了更好地探寻
人们开始忙碌
只为让古道新颖
让一座丰碑重新站立

因为有爱

如果我只是一滴水珠，我不会
有转瞬蒸发的担忧
因为，我已将自己
融进涓涓细流，然后
注入江河湖海

如果我是一朵花儿，我会
期待绽放
但是，一点也不会害怕
凋谢
因为，凋谢了，就要
结出果实，孕育种子
重新开启新的生命历程

如果我是一粒沙石，我最不愿意
被大风刮得乱飞乱跑
我最愿意
将自己浇进混凝土
从此，变得坚强壮大
或筑成堤坝，或砌成屋墙

只要赋予我
担当的意义

来到这个世界，我从不感到
寒冷与孤单
因为，我的周围充满了
一双双能给予拥抱
和提携的温暖的手
以及一颗颗
友善、慈爱的心

我喜爱音乐，尤其喜爱
小提琴曲
我喜爱它的意境——
从小提琴琴弦开始拉动的
那一刻
我从未有过消沉
这会儿，我能感受得到
拉琴者身体的颤抖
这会儿，感染到我的
只有澎湃的激情，可以让
生命二次绽放
再二次绽放的
冲动的激情

永远的向东

一泓清水
从乌山南麓出发
流经我的家
每天缓缓或匆匆

向东渠，注定向东
云霄出发，东山收尾
任情谊流淌

一路向东
倒虹吸穿越河床
渡槽凌空
杜塘水库见证
红旗水库的喜悦

那年清淤
我与它亲近
仿佛面对一位智慧长者
四十五年的沧桑

总记得
一九七〇年开始的那段日子
两县五万人，三十个月
汗水和血水
升华了所有的温度

今日，渠水依旧
脚步走过四季
每一步都踩在
人们的心上

诗酒人生苏东坡

昨晚
东坡又是一夜醒复醉
其实他喝酒不多
从不断篇
不干傻事
喝到额头出汗便停下来
他要细细感受

江涛之雄浑壮阔
斜照之温暖和煦
慨叹人生沧桑：
"一蓑烟雨任平生"
"人生如逆旅，我亦是行人"

苏仙爱品酒
亦善酿酒
他酿制的桂花酒甘醇清香
可与松江之鲈相佐
可与朝云歌声共舞
可与一轮江月对酌
而后
从欧阳公的醉翁亭上和
沈遵的琴谱里
悟得千古一曲《醉翁操》

苏东坡爱民
他的心肠与酒一样热烈
知杭州，疏浚筑苏堤
到了颍州、惠州，再筑苏堤
一直到那个叫天涯海角的儋州
硬是从简陋孤寂之中

发现散碎的快乐
与民同道与天同道
留下了
一条条东坡路
一座座东坡桥
一口口东坡井
办学堂，兴学风
从此
海南岛上读书的种子生生不息
身虽北归，其心甚慰：
"沧海何曾断地脉，
珠崖从此破天荒。"
"我本儋耳人，
寄生西蜀州。"

苏东坡爱自己的亲人
他的心肠与酒一样绵柔
那个丙辰中秋
喝了大醉
太想念弟弟了
于是端起酒杯：
"但愿人长久，
千里共婵娟！"

刚到密州那年
正月的一天夜里
应该也喝了一点儿
半夜从睡梦中都哭醒了：
"不思量，自难忘……
相顾无言，唯有泪千行。"
在结发妻子王弗那里
轼之心柔软澄澈
如一汪清泉

诗酒
点亮了苏东坡的精神世界
聚成一束光
普照神州
千年不朽

致敬！游本昌

从遥远的南宋，走来了一位俗名叫李修缘的高僧
穿的是破鞋子，戴的破僧帽儿

手中摇的是一把破扇子
身上的衲衣钉钉补补
一路似痴若狂，疯疯癫癫
您却欣喜地迎了上去
那年您五十三岁，说：相见恨晚
是相知！是默契！一切在冥冥之中

从此，您让
相隔足有七八百年的道济和尚上了电视银屏
从此，您让
一位扶危济困、抑恶扬善的"济公"
重新活在了百姓心中
从此，"飞来峰""狗腿子"和
"古井运木""戏弄秦相府"等脍炙人口的故事情节
再次鲜活起来
我甚至疑惑：您和李修缘，原本就是同一个人？

记得那些年，您声名鹊起
手里接过了第四届中国电视金鹰奖最佳男主角的荣誉奖杯
还赚了个盆满钵盈
那些年，您走在路上
人们都会如同呼唤英雄一般
喊您"活佛济公"

再过了二十几年
生长于清末、民国的一位高僧又从您的心中走出
他就是弘一法师，一位俗名叫李叔同的文学艺术大师
这次，您是铁了心啦
操起了"话剧"老本行
决定以如此高雅的艺术形式
把他重新演绎

话剧受众少，您说：无妨
您的决心赢得了家人的支持
您的女儿游思涵直接参与剧本改编——
从《悲欣交集》到《弘一大师：最后之胜利》
一场，两场……三十多场下来
您义无反顾地卖掉了北京的房子
还说：这本来就是出演《济公》赚下的
听完您的电视专访，我落泪了
被您内心的崇高感动！被您虔诚的义举震撼

您说：李叔同在三十九岁那年皈依佛门，之前已成就斐然
他的名字，必定常常与蔡元培、黄炎培、邵力子、柳
　　亚子、吴昌硕、任伯年联在一起
潘天寿、丰子恺、刘质平、吴梦非是他的弟子

《送别》的深沉，至今
仍然牵动着国人的心
皈依佛门，他追求的是
灵魂的净化

我说：您把弘一法师的生命历程搬上了话剧舞台
在耄耋之年，赔上身家
饱含景仰
您的心灵已然无比澄净

致敬！道济
致敬！弘一
致敬！游本昌

奇迹

雨季打开
还魂草可以立即还魂
所有的冬眠
把春雷当作发令枪，奔跑

沙漠浩渺

偏有个月牙泉千年不涸

胡杨树的三个千年

无法陈述事实

我真的渴望

哪天如万物生灵

在风雨最惨烈的时候

也创造一个自己的奇迹

寻觅自己

我的前世应该就是一个诗人

在我的骨子里　血液中

无不充满着豪迈与浪漫的情怀！

我常常发呆……

常常不由自主地徜徉于——

俞伯牙与钟子期的"高山流水"遇知音

王子猷乘兴而来、兴尽而返的"雪夜访戴"
和东坡先生"赤壁怀古"的美妙意境之中

我常常陶醉……
常常难于自拔地将自己想象成——
南山下那位"结庐在人境"却能"心远地自偏"的五柳先生
兰亭边那位酒至微醺却能成就"天下第一行书"的王右军
和醉翁亭上那位"醉能同其乐醒能述以文"的庐陵太守

我本善书写实用文　信手拈来
却偏常厌倦于刘禹锡先生所说的"案牍之劳形"
我本不善吟诗作赋　音律不通
却偏要痴迷于古代文学名篇中的字字句句
我本就是商品经济社会中之"沧海一粟"
却总要在古代士大夫的"丛林"中寻觅自己的踪影

邂逅

周日，朝圣的小径
清雅幽静

我看见一女孩，着青衫
羞涩的笑容
和着周遭的绿树、小溪
瞬间
眼前的世界明亮了起来

结伴上山
有一丝丝欢畅
殿堂里，都把心事说给佛听
佛不说话
解签的老尼会回答你
似懂非懂
各问各的，分别收在心里

在一棵大树下
她说了母亲的往事——
"年少时，因父母反对，
曾与一位有情人失之交臂，
'他'现在已关乎一方福祉。
母亲曾怨叹命运的不济！"
我说："一切如风！
唯情义珍重，放心里便好！"
她说："富贵与清贫，

隔阂，尽在真情中消融。
愿人人都能守住一方净土！"

一起下山
各有心事，步履不舍
径旁的花朵轻轻摇曳
欲语还休
相视或轻聊
耳边的风温柔吹拂
下山，走得很慢……
又到了绿树和小溪旁
羞涩的笑容
让世界又明朗起来
只多了一分夕照
多了一份浓浓的眷恋

那次邂逅，已经悠远
偶尔记起，仿佛又近了
时间逝去，记忆会渐渐淡去
期盼
却愈来愈浓

鸟儿

飞翔
赋予了鸟儿
全部的生命意义——
鹰击长空，鹡鸰飞鸣
鸿鹄高翔，家燕低回
……
偶尔的停伫
觅食，繁育下一代
都是为了延续
飞翔！更加尽情地飞翔

鸟儿的觅食与飞翔
把植物的种子传播到
天南地北
是它们
让大地成为最伟大的
魔术师
从此
离天最近的悬崖峭壁上
松柏傲立

就连
沼泽与天坑中
一样植被葳蕤

鸟儿，飞过云端
远古的传说告诉您
那是凤凰
其实，哪有凤凰
雁鸭就是雁鸭
雁鸭便可与白云齐飞

鸟儿的鸣叫声，再细，再响
都是天籁
犹如
洞孔里传出的一个个
悦耳的音符
因为
鸟儿从来都是
"飞且鸣矣！"

爱情

爱情，一定是燃烧着的
不一定能看到火焰
像岩浆，未喷发时
常常埋得很深

爱情，可以让人彻底放浪
不惜抛弃财富与权杖
这是纯洁的
虽然很难

爱情的外表不是缠绵
但绚烂
不知会在哪一刻呈现
那一刻，他们只为对方着想

爱情，有的人根本不会遇到
更别说弃旧与喜新
勉强与将就，是更多人的婚姻
那不是爱情

爱情，在有水的地方被唤醒
面对河流，恐惧时间的流逝
逝者如斯
然后，拼命地抓住了爱情

拐杖

八十岁，拄起拐杖
他开始老
我伤感，他在笑

弯下来的背离天更远
他说离天越远越好
脸靠地更近
他说贴着地心里踏实
还能看爬虫争斗
偶尔一抬头
看的都是高处
柳绿花红，莺歌燕舞

他拄着拐杖
像两棵树
两棵长在春天里的树

黄玉东　笔名冬歌，1967年11月出生，1985年10月入伍，江苏响水人，海军大校军衔，军旅作家，中国散文学会会员，中国散文诗研究会会员，中国军网执行主编，散文集《四季恋歌》主编，《人民海军》报特邀撰稿人。著有散文集《军旅青春别样红》《向往大海》等。2013年1月出版的《向往大海》多次进入文学类畅销书排行榜。

在夕阳中等你

岁月老了
这长椅的右边
一直空着
我坐在左边，像树
思念一遍遍枯去
把时光磨平

白娘子在雷峰塔下千年
只为守候光阴与爱情
法海永远不懂

双鬓斑白
却始终没等来你的日子
只有这长长的苏堤
陪我痴痴千年

湖水不朽
我想　你一定会来
就坐在右边
我把左边也给你

我拥着你
你拥着西湖
我们相依相偎
看夕阳
慢慢变老

梦境

在他乡
才会勇敢地醉
不想让人看到
我的长夜里
也有辗转反侧

有了醉意
便想拨通你的电话
借着别人的地盘
把自己装扮成勇士
鼓足劲
大声说出那三个字

我承认
心底的那座火焰山
一旦触碰
就会整夜整夜燃烧

星空下
我用岁月的薄纱
把心情布置成展厅
然后
在梦的路口
等你

飞翔

飞翔的愿望
如日出般喷薄
张开羽翼
我就是亮翅的大鹏
云霄里　透过

层层迷雾
俯瞰辽阔的疆土

我的光芒
刺痛黑暗中的黑
地狱的路上
那些曾经
冠冕堂皇的人
失魂落魄

玫瑰在盛开
蝴蝶飞舞繁花间
草原骏马
在旷野中驰骋
波涛尖上的浪花白
豪情万丈向深蓝

青山叠嶂
江河奔腾
朝阳下雄鸡高歌
在世界的东方
我看到了
强大的祖国

致高山

即便你是高山
也不应忽略
小溪也有
澎湃的激情

记住
如果没有阳光
你不过是阴沟里
那块又臭又硬的石头
离开土地
你只是退潮后
裸露在海上的
小小礁盘

要知道
你的头顶之上
还有蓝天
还有苍穹
高高的云朵
也不过是天空中

几滴露珠

漠视四季
容不下身旁的小草
你只能在自己的高度里
寒冷　孤独

心语

香港回归的那年，我从
遥远的边陲来到了北京，在经历
煎熬之后，终于有了
一片属于自己的空间
这已经足够
如果我愿意我可以种下笔直
或弯曲的希望之树，还有迎春花
在这个夏的黄昏，我会想起
那些生长日子里的风雨
我庆幸因为坚守而使我的生活
拥有了木质的纹理，以及向上的信念

为了树的挺拔，我必须
精心修剪它们的枝干

有的时候，舍弃需要睿智
更需要决心。当渐渐懂得
多，并不意味着美
简单，会有更深层的意义
于是，在自己的生活中
留出足够的空间，让阳光和空气进入
不至于因拥挤而窒息。习惯了
这个城市的节奏，习惯了晨曦中雾霾
一切的一切，都不会影响到希望的长大
我想，在这儿扎根也挺好
树，也是这么想的

断桥之思

那座断桥，屹立在
鸭绿江面上
岸的一边车水马龙

桥上行人稀少

远处的夕阳
在江水中舍身沉下
就像当年志愿军将士
那样的义无反顾

对岸，那幢低矮的房屋
在暮色中
渐渐离开了人们的视线

半个多世纪过去了
那场战争
早已烟消云散
留给人们的
除了悲痛
更多的是感伤

在和平的阳光下，断桥
俨然成为一个景点
那场战争的
惨烈与残酷的壮举
有谁会去追忆？只有这

断桥还在伤痛之中

冰冷的钢板
驰骋过多少辉煌？
抗美援朝，保家卫国
号令，响彻云霄
那千军万马
踩着你的脊梁
雄赳赳，气昂昂
跨过了鸭绿江

今天，你却要在寂寞中
黯然老去
断桥啊！你的过去
无法言喻，而你架设的
精神和友谊
都将无法抹去
我面对断桥
颔首致敬！

妈妈，祝您生日快乐

妈妈，今天是您的生日
此时，我在亚丁湾上巡逻
不能守候在您的身旁
亲手为您点燃红烛
穿上盛装

只好，借思念的翅膀
穿越时空
在这庄重的时刻
送上一份
大洋彼岸的祝福

妈妈，今天是您的生日
岁月，在您的额头刻下年轮
九十年风雨历程
九十个春秋冬夏
您用甘甜的乳汁
默默哺育　华夏儿女
沐浴在幸福的阳光下

妈妈，祝您生日快乐
您听见了吗
五星红旗在太平洋
迎风飘扬
您从故乡的梦中醒来
我知道
您又在牵挂我

妈妈，您放心地睡吧
深蓝中
我已渐渐长大
再大的风浪
也阻挡不了前进的步伐

妈妈，我会在异域的风中
用心灵之乐
声震寰宇之势
为您唱一首赞歌
祝愿您永远伟大安康

城里的树

一千个理由，也找不出离开城市里的借口。

一棵棵，一排排，拥挤在城市的缝隙，努力向上。

习惯了冷漠，听惯了噪音，我们终于有了活在城里的本领。

每一棵树，都要经历一段艰难的时光，纵然千辛万苦，也要心怀阳光。

好在今天已渐渐长大，不需要来时那么多的阳光雨露，自己站在城里已能够勉强生长。

枝繁叶茂，有了一片绿荫，便可引来生灵。我们清楚自己在城里存在的意义。

伫立路旁，每天都经历着城市里的病诉。无法躲避，无力改变。承受，是无奈的选择。

很多时候，健康成长，只是一种奢望。

比起乡村，城里缺少清新的空气，和煦的阳光，洁净的雨露。土壤，没有浓浓的乡村味；钢筋水泥之间也少了充足的养分。

生长，已很艰辛；茁壮，谈何容易？

时间久了，不免要想念小时候生活过的乡土，想念曾经的生长环境，想念那绿色的原野，想念那种与土地的默契。

风雨飘摇，折枝落叶，我不哭。风雨中，直起腰杆，方可挺拔。

春暖花开，风和日丽，我不笑。淡定，是本性，是品行，也是在城里生长下去的智慧。

与小草相比，显得有些高大，但命运的本质没有什么不同，更没有值得骄傲的本钱。记着，我们只是城里的草木，永远不会引来目光。

即使全身心融入，我们也难以成为城里的主流。

成不了主角，就在沉默中做自己的主人，让内心足够强大。绿树成荫，长成一片森林，自然会有属于自己的领地。

自从离开，就有了乡愁。我的根，原本就不属于这个城市。

繁华落尽，做不了栋梁。总想在有生之年，回归故里。

落叶归根，那才是生命的归宿。

然而，日渐消失的乡村，是否还有容身之地？

思念渐行渐远，心愿已化作泪行。

隐忍着痛，将梦掰成两瓣。

夜风习习，我站在街灯的朦胧处，看到了更加朦胧的梧桐。它们是安静的队伍，比边上二楼的灯光略高。

在转角的地方，有一排银杏，秋天属于它们。城市的果实和金黄的叶子，将会由它们完成。

与自己和解

硝烟散尽，红日升起，我们在和平的阳光下取暖。

许多年过去了，阵地已长满青苔，那朵黄花，早已瘦成老妪，迎面的风，也少了斗志。

曾经的誓言，已被时光撕碎。

血肉之躯，怎能不腐？不争了，不争了！

步入中年，已把一切看淡。

争来争去，耗尽了心血，丧失了尊严。

所有的名利，到头来不过是一片浮云、一场梦境。

罢了，罢了。自由、存在，比什么都重要！

世界很大，人心很小。

很多时候，世界包容了我们的全部，我们却不能容忍世界里的一粒尘埃。

暮色苍茫，故人匆匆，山野里的小草，托举着身后的脚印，计较深浅，已毫无意义。

心累了，就停下来歇一歇，前面还有一段路程要走。

江山秀丽，景色如画。

走吧，走吧！

让逝者的英灵安息，把丢失的爱找回……

张　瑜　笔名兰心，资深媒体人、作家、品牌策划人。现为山东省作协会员、山东省散文学会会员。在国内报刊、杂志上公开发表散文、诗歌、随笔五百余篇，用文字建造精神的桃花源，安放不甘沉沦的灵魂。

千年之恋

我在唐诗宋词中沉醉了千年，只因为那里铺满了你的记忆。

不论是"青荷盖绿水，芙蓉披红鲜"，抑或是"清水出芙蓉，天然去雕饰"都无法临摹出你出尘的样子。

唯有周公"出淤泥而不染，濯清涟而不妖"的千古绝句方是你的知己。

循着老风书屋的墨香，时光定格在了一个叫韩家荡的地方。

那里有如藕的乡愁、似荷的女子，还有嬉戏在花中田间如莲子一样可爱的孩童。

荷塘如一个轻纱似的梦，流动着江南的水韵墨色，星空遥望着老屋诉说着前世今生的原乡。

一声声虫鸣、一声声蛙鼓，随着清风入耳，如同天籁……

而你在墨绿滴翠里仙姿摇曳成一池禅韵。

前世你为荷，我为莲叶，侠骨柔情，玉洁冰清，燃烧的生命幻化成泥，用最深沉、最热烈的方式，让你绽放生命的华彩！

今生你为荷，我为藕，在现实的泥沼里，七窍玲珑心被理想、远方、温度填满，为你构筑最坚固的城池，将你眠熟的希望轻轻地安放。

让心灵沐浴故乡那一缕柔软，守候成红尘中一方净土！

凌空的花，水面的叶，泥底的藕，生生世世的轮回里梵音缭绕，你端坐莲台、双目低垂，成全世间圆满……

今生愿做种荷人

一条横跨苏北大地的灌河之水在天地间驰骋，犹如屋顶升腾的炊烟，透过层层回旋环绕的气雾，一种凝重的来自血脉深处的守望在召唤。

游子们远归的脚步惊醒了天荷源的沉寂，万亩荷塘在夜风中倾诉着沧海桑田的变迁……

看破空花尘世，放轻昨梦浮名。静默着将心融化于这片热土。春种新荷，残红善舞。倾心于小荷与蜻蜓的相偎相依、鱼戏莲叶的浪漫深情，平江无需歌惆怅，明月应是在故乡。

在每一个红尘的渡口，一体青凝不染尘，将十里荷田激荡成镌刻着生命沧桑的史书长卷。

把一生的光阴，铸成时光中恒久的心香。

笑靥如是，希望如是，生命亦如是。

江湖有酒，庙堂有梦。这方土地蕴藏着理想的远方和不灭的星光！

假如说流浪是一种生命的鲜活体验，那么故土就是能让灵魂安然栖居的地方！

也许会有鸟儿失去果香的叹惋，也许会有鹰击长空的梦想，我要的九万里河山是不能代替的远方！万亩荷塘就是红尘中的诗书田园。

就像天上一朵飘浮的云，为了世间一棵行走的草，温情地化为一泓碧潭，把偶然的相望滋养成永恒的雕像。

一花一世界，一草一天堂。披着晨露晚霞，生命中无论是婉转清扬，还是迷津雾渡，坚守一片生息万物的源头，追随光的指引，以一颗朝圣者的心护佑这方土地的纯净、安然。

让现世的微尘与污垢都埋葬在落日的余晖里，倾听花开的声音。

大漠绝恋
——致骆驼刺

羌笛起，夜未央。

在苍茫的敦煌戈壁与荒漠之间，悠悠的驼铃声回荡了千年，而你也在大漠孤烟中坚贞地守护了千年。

千百年前，这里是繁华富庶的都会，是金戈铁马的冷月边关，亦是莲花盛开的佛国。

是的，无数英雄豪杰在这厚重的土地上纵横过。他们怀着梦想、带着希冀，将生命的豪情与赤诚交付给了戈壁大漠。

只有你拥抱过那个烽烟四起的年代，抚慰过那群血性的不惧生死的儿郎，感知过那段王朝更迭、江山易主的沧桑岁月。

贫瘠的戈壁沙漠上布满了飞沙走砾，裹挟着巨大的苍茫和豪迈。

尽管风雨剥蚀，但你把孤独与深情蕴藏于荒凉中，在沙的彼岸，用千年不变的姿态坚守一个信仰，用不息的渴望燃起爱的火焰，点亮了戈壁、荒漠中永恒不灭的星辰……

弹指间，沧海桑田，一刹那，转身千年。

只有苍茫无际的戈壁大漠呼啸而过的风声，

依然在反复咏唱"天若有情天亦老，月若无恨月长圆"……

沙石沉寂，命运的繁华、沧桑已经跌入历史的轮回。

而你始终生长在戈壁大漠中，任风沙摧残你的精神初心不改；任骆驼咀嚼你的甘甜不言伤痛，任时光的车轮无情地辗过你广阔而坚韧的胸膛……

你将绿色的希望无悔地根植在戈壁的浅滩，把缕缕深情掩埋在浩瀚无边的大漠深处。

用最执着的信念，与戈壁大漠紧紧相依，用爱唤醒荒凉中久违的温柔，怒放着荒漠里那一片绿。

堪叹古今情不尽，你仿佛是从远古穿越而来的圣灵，在爱的信仰中永久地驻扎在大漠戈壁，续写着古老的传说，独自吟诵着一曲生命的赞歌。

骆驼刺，原来你就是有情人点在胸口的朱砂……

遇见·未来
——金沙湖随感

韩湘子的箫声醉美了夕阳，金沙湖泛起迷人的涟漪，宛如瑶池仙子脸上飘起的红晕，一艘游船载着诗情画意漫步于恬静的湖面，诗人们的高谈压低了湖水的吟唱……

昔日曾是流金淌银的黄沙冈，如今沉睡万年的黄沙涅槃，犹如天空之镜镶嵌在城市中央，映照着阜宁的荣辱、兴衰与希望……

曾于影视里品赏过你春天桃红柳绿，夏天碧荷飘香，秋天硕果累累，冬天冰清玉洁的盛世美景；也在史书典籍里领略过你偎依在古老的范公堤旁、美丽的射阳河畔，人文荟萃、历史文化丰厚的底蕴……

而最惊心动魄的则是砂岩浮雕上镌刻的凄美、动人的爱情神话。"天造地设恒爱山，稀世之珍脉脉情"，金沙湖、恒爱石，一支荡气回肠的爱情绝唱，永远萦绕在盐阜大地的上空，赋予金沙湖浪漫、甜蜜的芬芳。

初秋时节，湖水荡漾，白云、蓝天、小舟、飞鸟的倒影互相渲染，幻化着色彩，涂抹出诗般的写意，流淌着不可言状的神韵，把整个金沙湖装点得美轮美奂。

当时明月在，曾照彩云归。那一片芦苇荡不只是提供了背景，也摇曳着情思，一片起伏的芦苇，其实就是心潮的激荡，青青的草叶是那样的柔软，却以无穷的韧性醉倒了秋风，就像有情人历经沧桑但初心从未改变。一根小小的芦苇，用昂扬的生命力承担起世界给予他的所有负荷，一群鸟儿才拥有了遮风挡雨的天堂。

漫天飞舞的白鹭如早开的芦花，绵软地落在沼泽地上。只要回归的钟声一敲响，它们就立刻直冲云霄，用翅膀拍开乌云，在天地之间，昂然长嘶，坚守着永恒的信仰……

生命犹如一场盛大的遇见，如同候鸟察觉的气候。

月有圆缺，万法无常。或繁华或荒芜，怀一颗云水禅心，笑傲人生忘沧桑……

不为艰难困苦而却步，不为浮华名利而迷失，就不会被生活中的境遇所困扰，浮躁愤懑自然消遁无形。拭去心中的尘埃，方可让沉浮于苦海之人得度。

行至水穷路自横，坐看云起天亦高，褪去五光十色的虚幻，让生命返璞归真，用心去感受每一瞬的阳光和风，去欣赏一朵花、一片叶，每一个真实的现在都是曾经幻想的未来。唯有燃起不灭的希望，心安便是归处……

爱是心中永恒的明月

婆娑的月影依偎在初秋的暮晚，漫天繁星璀璨着浩瀚的夜空。

用一抹深邃的静谧，卷起这秋深夜寒的新月，凝成一世相思的心结。

一弯新月，如轻纱笼罩，看似清浅淡漠，其实是一种难以超越的境界。

仿佛经历艰难万壑后，菩提树下拈花一笑的淡然。

冷月本无心，静观凡尘俗世的沉浮繁华，一任浮云半掩，听凭晚风轻拂。半勾新月，一样清辉。

月半圆好似生命的年轮。

一如帘外当空晓月，未至圆时，并无盈缺之憾，有的只是时光轻缓，岁月静美。

人生将半，是最好的年华，虽无锦瑟豆蔻，却能拥有人到中年的一种平和宁静。

不惑之年，当能遇事明辨，不再为世事痴缠，当不负半世风霜半生奔忙。

月半圆中蕴藏深意，是人生的本真所在，亦是尘世中蓦然回首时让人情牵的心灵家园。

"半随流水，半入尘埃"，有此情怀，则听闻红尘中川流不息的喧嚣声亦如天籁入耳，万虑皆宁。

只要有爱的守望，刹那芳华也能辉映整个苍穹。

爱如满月凌空，渡过几世的轮回，不随世事的变迁而更改，也不随时光的流失而淡去，她博大而宽广，缱绻而永恒。

那一轮皓月就如此生的修行，融化了人生的风霜雨雪，饱含着生命里的温暖希冀，也圆满着世人心里永恒的梦……

凝眸了然这苍茫的尘世，唯有那溢满爱的灵魂，能勘破三生阴晴圆缺，从青丝到白发，不错过每一季的美丽绽放。

亦唯有爱能让生命的激情在朝飞暮卷中不断延绵，甚至永不枯竭。就像十五的满月，无论是人世沧桑，还是万物变幻，它依然皎洁而不改初衷……

让爱永恒成心中的那一轮明月。

许你一世情深，慰我几生守望。共同历经世间风霜，在布满荆棘的红尘里静水流深，沧笙踏歌，矢志不渝……

王晓菊　　笔名筱桔，喜欢读书、写作，业余时间创作了大量诗歌、散文、小说、随笔等。著有诗歌集《我心深处》《素签299》，散文集《苦难是一场旅程》，小说《老色树》《逍遥》等。

这世上最美莫过文字

这世上最美莫过文字！因为少年时的一见倾心，我便从此追随，再不肯与你分离。

你若挥动翅膀，我便跟着飞翔；你若吐露芬芳，我便心随徜徉；你若沉默不语，我便一腔惆怅；你若惊鸿一望，我便迷失方向。

—

喜欢文字的人，都有过这样的相遇。

在稚嫩的年纪，突然邂逅千娇百媚的你，于是心尖儿开始战栗，因为你美得那样令人措手不及！

小小的一颗心，从此义无反顾地恋上你。

在童真的世界，你是山间盛开的梨花儿，你是水里追逐嬉戏的鱼，你是奶奶的故事，你是田里耕种的犁。

哦，也许，你还是电视里的动画剧，或者是麦当劳里变着花样的玩具。

反正在这世间，谁要是与你相遇，人生便添了无数的色彩和希冀！

二

在少年的梦里，你穿着霓裳羽衣，翩若惊鸿，绚烂包裹着淡淡的哀伤。

一曲曲的新词点燃希冀。梦破了，不过是泪一滴，伤一场，明天，年轻的心依旧因你而激扬！

少年的梦啊，风花飘飞，雪月共赏，因为有你相随，即便经历再多苦辣酸甜，青春依旧没什么能够阻挡，依旧绚烂绽放！

那少年行里，没有持久的梦，没有真正的伤，亦没有与你牵手的彷徨。

三

流年似水，是我苛求太多，才以为悲凉多过灿烂千阳。

不必躲藏，也不必神伤，有你，生命自会淡雅芬芳！

行走在你广博的世界里，席间一壶酒，花间一抹笑，和时光对饮，你俨然是唇齿间那缕馨香！

在你的世界，浅笔静开，胜过人间无数，哪里还会有感伤？

岁月静好，人生有你，编织出美丽的一张网，让青春慢慢如火，再慢慢变得清凉。

四

有了你，再不必担心岁月的痕迹。

岁月把年轮写在脸上，你却将美刻在心上。

无数个宁静的夜晚，在深邃的夜色里，将心灯点燃，生命里所有的喜怒悲哀，都沉浸于墨海飘香。

你与灵魂共舞，奏出驿动的音符，演绎岁月的沧桑，诠释生命的坚强！

叶芝说："当你老了，白发苍苍，睡意蒙眬，在炉前打盹，请取下这本诗篇，慢慢吟咏。"

你，就是我这几十年的收藏。

五

也许这一生，曾经拥有的都是过客，唯独你，丝丝缕缕，缠缠绵绵，陪我终老一生。

感谢相遇，你是我握在手里的暖，你是我放在枕边的香，你是我生命中最美的那篇华章。

时光悠悠，谁的笑容温暖如春风，谁的烟花璀璨迷人眼，穿过时空细细追寻，只因为最初的凝眸，成就了这一世的倾心，这一生的痴情！

来生，我还要与你一起，说雨听风！

浴火重生陶冶性情

一

在窑炉里，你经受了木火的淬炼，你是火与土创造的结晶！

你凝聚了匠人全部的心意和相思，你诠释了浴火重生！

你锻造的过程，是陶冶，更是修行。

我常常觉得，你成就的过程，就是这世间不可思议的历程！

二

不过是一把泥土，不过是调和了水，不过是经历了火，你便演绎了惊世骇俗的重生！

像一首几千年不变的欢歌，回荡在窑炉旁，回荡在精品店里，抑或是回荡在谁家的客厅——

所有经历过你的人，都为你荡漾激情！

似乎贴近你，就贴近了历史与来生。

爱你的那些人，有谁？不为你称颂？

三

我曾经送给友人一对陶瓷摆设，是老翁与小童，祖孙嬉戏的缩影。

送他的时候，是我要踏上新的征程。

我喜欢那对祖孙的童趣，更喜欢陶瓷的练达与厚重，所以在我离开的时候，以此相赠！

而人生，又何尝不是修炼的过程？

我们行走在生命里，不断地完善自己，摒弃糟粕，我们在经历了无数的风风雨雨之后，成就了完美的人生！

四

我想成为一名艺人，两手泥巴，在烟熏火燎里，陶冶性情，将思想与灵魂重新命名。

当生命力附着在陶瓷上，我的灵魂将再一次得到升腾！

我不是想名垂青史，我只是觉得，生命给予我的，我应该给予生命。

五

将来有一天，人们都会成为艺术家，将一切优秀的德行都融入作品中。

那时候，陶瓷美了，书画美了，诗和歌也美了！

山川河流美了！

人们的生活更美了！

一切的一切都进入了美的情境！

语　伞　本名巫春玉，生于四川，居上海，中国作家协会
　　　　会员。著有散文诗集《假如庄子重返人间》《外
　　　　滩手记》等。曾获《诗潮》年度诗歌奖、第五届
　　　　中国散文诗天马奖、第七届中国散文诗大奖等多
　　　　种奖项。

城市意象五章

图书馆

唯有灯光，带着时间的吻痕，垂落。

图书馆宁静的内脏，隔开了这个午后的空白，以及窗外饱满的车鸣声。

我只是一个浅浅的心跳，栖身于此。我只是，在驯养来自语言世界的斑斓之虎，等它狂野的胆识和勇气，赐予阅读以惊喜。

页面的墨迹，在重提途经这里的人对于笔尖的迷恋。

一群词语蓄谋已久，在笔下的灵感里奔跑过了。思想还停留在纸面上，隐而不显。

有时候，一句话就可以把所有的角度引燃，像眼眶里突然射出一只带火星的飞镖；有时候，一枚汉字也可以操纵自己的理想，并且看到今生，漂亮的余烬。

书架上，居住着传递圣火的人。

他们的面孔，先于他们的悲欢，将整个世界过滤。

他们赞美自己，以挽歌，在清澈的文字上空，移动眼神、脚步、生死……

收集或整理，我膜拜的图腾不可靠近。

图书馆诡秘的想象，从纪念碑上取下墓志铭，一些符号，早已落入秒针，化为虚无，掐灭了一切，门的按钮。

音乐厅

先于耳朵洗净天上的乌云。

先于曲谱流动起来，使车来人往生出漩涡之美。

先于等待的前后，捕捉夜色的降临，准时迎接一个黑袍子里装满乐器的夜晚。

去见这位城市的艺术大师——音乐厅，春风沉醉你就喝一杯酒，秋风晚来急你就把十指连心的双手放在脸上。他有木质结构的旷远的空谷之音，你可以一言不发，把夜和曲子分开，把曲和调子分开，再从咏叹调里过滤掉灰色的叹息。

身边的陌生人，正在遗忘纷繁复杂的表情。朝着同一个方向，又仿佛不是同一个方向，悬置相互都听不见的声音。此刻，这个世界谁听得见我，我听得见谁，模糊，或清晰，前后左右望一望，答案属于未知就好。前后左右的人，像一座山就好，是一片海就好，眼神如危崖，上面有一棵树就好。

小提琴来了，长笛来了，萨克管来了，钢琴来了，锣鼓、唢呐、二胡也来了……你不拥抱他们，你就不能回到自己。你不回到自己，就无法被万物围绕。音乐顺着暴雨飘下来，你坐在光滑的木椅上，混响像精确的节气，比汉语还鬼魅的和声，充满了整个音乐厅。

但是，抱歉了大师，我在倾听世界的微笑和时间的毁灭。

窗口

窗口以警句自居。

不怕目光在窗外跌倒的人正在遥望天空。

星星们不知道归隐去了哪里，月亮成为唯一的天使。

请给她擅长陈述的翅膀，带上夜晚黑色的安全信仰。

请在她银白色的额头，停满婆娑的光影和失眠的鸽群。

请卷走我，在窗口误入思考的大脑，如拯救一只重新溢出甘泉的枯井。

夜如空山，各有遁世的戏法。

捏造白日梦的危险，生长绝世的悬崖。臆想一次高过九霄的云雾，驶向可以随意颠倒昼夜的乌有之乡。与一阵冥想并肩行走，抵达清醒的终点。在现实的面孔上站立，将一天的二十四小时混合，依次储存镜子、音乐、味道、命运……

巴西的咖啡豆在水中录制完美主义的欢腾。

一个城市逆时而上，窗口导演了一场没有结局的独幕剧，我站在它的中间，被动地出演主角，并不知情，也并不拒绝。

美术馆

美术馆像一枚乌有之乡的戒指。

套在城市的手指上,仿佛某种承诺。

承诺美,承诺艺术,都是危险的。但承诺依旧有着庙宇的灵力,它以美术馆的形式,高于现实。

我低于没有斜坡的道路。低于平行而来的风雨。低于一座假山和一条人工河流的记忆。低于满天星辰隐没在人群中的那一刻。低于绘画、雕塑、摄影、工艺品以及装置艺术在它们独立展示的过程中,所散发出来的骄傲气质。

徘徊在美术馆,如同时走在疑问与答案中。

提问的人和回答的人互不相识。我是盗听者。我用审美趣味在魔幻主义与超现实主义之间租借距离,以拉近我与美术馆之间关系。

或者说,我已陷入危险的境地,在追逐一个和美术馆一样坚固的承诺?

那环绕我的,会是什么?

等待展示,还是就此消失?

视觉戴上花冠。香气纷纷落入睡眠。

医院

这枚白色大脑思考的是身体魔术。

吞刀吐火的伤痛和疾病，不明修栈道，爱左道旁门。

我在这枚白色大脑里奔走，像在寻找一个早就破解成功的谜。它额上的红十字架有难以破解的身世。我有难言之隐。墙壁上的钟摆不停地复述：时辰，时辰……它有雨后祥云的闲情。

我用昨天捧食慕斯蛋糕的手，反复掏取病历卡。与我一起反复排队的人，比悬崖上的树还沉默。仿佛我们脚下的山，刻着不同的名字。我们已经很久，没有被大风吹过。

无法擅拿咖啡馆里的微笑，去缓解病房里的尴尬对视。我低头，心怀悲悯、同情；或者仰望，我来到衰老的那一刻，耽于沉睡的人，也排着长队。我站在中间，两边，是两个世界的戏法。

假寐的人都醒了。

隐秘的病情，秋叶般，簇簇飘落。

这枚奇异的白色大脑，使同病相怜的两个陌生人感到有多残酷，就有多亲切。他们心甘情愿同住一个屋檐下——

这不老的避难所，这对抗死亡的最佳道具。